中宣部 2020 年主题出版重点出版物

决战柯坪

威戎 著

作家出版社

图书在版编目（CIP）数据

决战柯坪 / 威戎著 . -- 北京：作家出版社，2020. 9

（脱贫攻坚题材报告文学创作工程）

ISBN 978-7-5212-1061-3

Ⅰ. ①决… Ⅱ. ①威… Ⅲ. ①报告文学 – 中国 – 当代

Ⅳ. ①I25

中国版本图书馆CIP数据核字（2020）第130659号

决战柯坪

作　　者：威　戎

责任编辑：史佳丽　李亚梓

装帧设计：意匠文化·丁奔亮

出版发行：作家出版社有限公司

社　　址：北京农展馆南里10号　　　　邮　　编：100125

电话传真：86-10-65067186（发行中心及邮购部）

　　　　　86-10-65004079（总编室）

E-mail:zuojia@zuojia.net.cn

http://www.zuojiachubanshe.com

印　　刷：北京玺诚印务有限公司

成品尺寸：170×240

字　　数：163千

印　　张：12.25

版　　次：2020年8月第1版

印　　次：2020年8月第1次印刷

ISBN　978-7-5212-1061-3

定　　价：38.00元

新疆柯坪县是西部边疆生存环境最为恶劣的地区，千百年来深度贫困的历史被中国脱贫攻坚所改写，创造这个奇迹的是中国力量。

——题记

目　录

第一章

水之梦

第一节　一条河的征程

一

多年以前，当远在天山南麓的柯坪河还是一条肆无忌惮、充满野性的水系时，在每一个雨水丰盈的夏秋，无数条由高空的雨水、地心的泉水汇聚而成的涓涓细流前赴后继奔向铁列克山口，它们风尘仆仆，一路遇山开山，逢水归一，喧嚣的溪流队伍逐渐磅礴、壮大，席卷沿途的泥沙、山石，直到化身为浑浊的洪涛，汇入疾流的柯坪河水。

被谷岸禁锢的柯坪河水，在山洪的怂恿下，潜藏的野性渐次蓬发，双双纠缠着、撕扯着，赤练滚滚，如同脱缰的野马，从狭长的铁列克山口蜂拥而下，扑向下游的万顷良田。

这惊心动魄的场景，曾经在边城柯坪的夏秋时节重复上演，经年雷同。一场场由雨水与溪水以及河流预谋的有关掠夺的战争，一次次在柯坪大地留下满目疮痍和年复一年深重的创痛。

这是柯坪人心中挥之不去的霾。它一直延续到二十一世纪。

2010 年 9 月 17 日，连日的暴雨导致柯坪河洪水暴发。

势不可挡的洪水将柯坪河一道 200 多米的永久性防洪坝冲毁，这是近年来柯坪县最大的一次洪灾。

这次洪灾造成阿恰乡 5200 亩棉田被淹，加上其他损害，经济损失高达 1100 多万元。

2012 年 7 月 25 日，柯坪河再发洪水。

这次的洪水直接将盖孜力克镇库木亚开发区防洪坝冲毁，下游约 2000 亩农田被淹，50 间房屋不同程度坍塌，2 口机井损毁，经济损失达 500 万元。

柯坪县位于阿克苏西端，三面环山，土地贫瘠，其灌区水资源主要源于一条被柯坪人民称为"母亲河"的柯坪河以及红沙河。柯坪河是由泉水和暴雨汇集形成的径流，雨水是其主要河水来源，是柯坪县盖孜力克镇、玉尔其乡的主要供给水源。柯坪河水被苏巴什干渠大部分引用进入柯坪盆地平原灌区，其在游经过程中，沿途水资源不断汇入，但受历史条件等多方因素制约，河堤抗洪能力弱，雨季洪水频仍，每年会有数次流自山区来不及渗入地下的雨水形成溪流漫过砬石滩，汇入柯坪河，淹没下游农田。

表面看来，柯坪县似乎并不缺水，因为夏秋时节的柯坪河时常会发洪水。而实际上，柯坪比新疆其他任何地区都缺水。

因为柯坪河微薄的流量根本不足以灌溉全县的农田。洪水只是季节性的滥发，而到了急需灌溉用水的春季，因为没有雨水的补充，地表水早被蒸发得一干二净，哪里还有水浇灌农田。

要知道，柯坪县水年均蒸发量是降水量的 40 倍以上，就是说，柯坪河每创造 1 立方米的水流，就得被阳光蒸发掉 40 立方米！

在苏巴什水库修建前，因为缺水，柯坪老灌区近 2 万亩棉田全年只能灌一次水，并且是相对落后并极其浪费水资源的大水漫灌。旱，导致的结果是新棉产量最低时亩产仅为 80 公斤！

我们再来看一看新疆水资源分布情况，新疆属典型大陆干旱气候区，是我国最主要的缺水省区之一，其土地面积占据全国六分之一，而水资源总量却占全国的 2.9%，单位面积产水量为全国倒数第三位。

这就很清晰地阐释了全国人民对新疆地广人稀的认知，为什么人稀？因为水。缺水，让荒漠成为新疆山区的主基调。

水资源的匮乏，严重制约了新疆经济发展，而南疆又是新疆缺水最严重的地区。地处南疆西南边远山区的柯坪县仍然是一个传统农业县，一方面，柯坪河供给流量不足，地表水调配能力低，农业灌溉方法落后，造成每年春灌时节各乡镇灌区缺水矛盾突出，作物无法及时得到浇灌；另一方面，由于柯坪山区夏秋季节降水量过大，雨水聚集，山洪频发，常常淹毁农田，更为原本就薄弱的农业经济雪上加霜。

一边是旱，一边是涝，这交替的季节性矛盾，已成为制约柯坪经济发展最突出和亟待解决的问题。水之殇，对柯坪人而言，可谓深入骨髓。

二

今年 50 岁的买买提·阿不力米提是启浪乡其曼村的一名村民，从 1997 年开始，他已经在这里生活了 22 年。多年以前，买买提·阿不力米提和他的祖辈、邻居们一样，在柯坪偏远的山区过着逐水而居的游牧生活，那些颠沛流离的奔波，让他的心中只有一个最简朴的愿望：吃饱，穿暖，家人不生病，来年多繁殖几只羊羔或牛犊子，把日子延续下去。

这个简朴的愿望，就要实现在一个前所未有的新时代了！1997 年 3 月，在政府的号召下，买买提·阿不力米提一家和他的邻居们以及盖孜力克镇、玉尔其乡、阿恰勒镇的 305 户农牧民，满怀期待地一起搬迁到其曼村，住进了政府为牧民修建的定居兴牧房。

生活总是在希望和失望的交织中缠绕。

宽敞明亮的砖房曾一度让买买提·阿不力米提兴奋不已，这个沉默寡言的维吾尔族青年以为从此将告别颠沛流离的游牧生涯，过上向往中的幸福生活。

然而，其曼村恶劣的自然条件让他几乎要失去在这里坚持下去的信心。

根源仍在于水。

买买提·阿不力米提一家搬迁过来时，正值早春，风飕飕地刮着，空气中弥漫着呛人的尘土味，买买提·阿不力米提缩着脖子，笼着袖口站在家门口，看见四野一片萧条，到处是光秃秃的盐碱地，泛着白花花的碱壳，就像秋天铺满一地的霜。

买买提·阿不力米提在村子里走了一圈。

他的脚落到碱壳上，脆弱的碱壳应声而破，下面的虚土立刻腾起，沾满鞋和裤脚。等把村子转完，鞋子、裤脚上全部都白了。

买买提·阿不力米提失望极了，这还不如老房子那边呢，那边至少还有绿色，至少还有个大涝坝。

妻子劝说他："既然政府给我们修了这么好的房子，肯定不会坐视不管的，我们先熬一熬，兴许过两年就好了。"

买买提·阿不力米提听从了妻子的劝说，留了下来。

可是，其曼村的自然环境真的是太差了。夏天雨水繁多，可等到灌溉时期，水又没了踪影，全村人畜饮水和土地灌溉全靠一条窄窄的细毛渠供应，不仅水质苦咸，水量还时常没有保障，有时为了抢水，村民之间还会发生打架冲突事件。

"这样旱的地方，咋样种庄稼，咋样发家致富？我的心瞬间就凉了，我几乎就要带上我的老婆和孩子回到山里继续放羊去。"买买提·阿不力米提边摇头边说。

就因为其曼村的环境太恶劣了，随买买提·阿不力米提一起搬来的 305 户牧民大多坚持不下去，陆续回到了老房子，等到 1997 年底的时候，整个村子里只剩了不到 30 户住户，甚至买买提·阿不力米提也开始犹豫，要不要也搬走，回到老房子去继续放羊。

他还是选择留了下来。

在刚搬迁入其曼村时，买买提·阿不力米提和他的邻居们依然像在山区放牧时一样，时常挤在阴暗的地窝子里喝茶聊天，只是聊天的主题不再是羊或是牛，而是水。水，已经成为困扰村民们发家致富最大的绊脚石，也是其曼村和其他乡镇亟待解决的重中之重的民生问题。

是的，没有水，就没有一切绿色的生命，果木、粮食、蔬菜、牲畜的牧草等等，就无法摘掉柯坪头上戴了多年的"穷帽子"。

陈志林，二十一世纪初任柯坪县水利局局长。

2005 年，柯坪大旱，导致农民的地无法及时得到浇灌，种下的苗苗很多都旱死了，陈志林也曾多次携水利局工作人员去乡下察看，可是有什么用呢？农民仍然没有水浇地，农田照样龟裂，庄稼苗照样旱死。

盛怒之下，有人就把旱死的庄稼苗挖出来，跑到水利局去找局长要个说法。

"你们这些当官的天天坐在这里，啥也不干，你们看一下，这些苗苗都因为浇不上水干死了，到年底我们吃啥呢？我们咋样活呢？"

面对老百姓的质问，陈志林惭愧不已，看着那些枯掉的苗苗，陈志林痛心不已。

土地就是农民的天，庄稼就是农民的饭碗，苗苗死了，农民靠什么吃饭？我们这些所谓的公仆情何以堪？陈志林扪心自问。

是啊！政府如果连老百姓赖以生存的水的问题都解决不了，还怎么脱贫，怎么谈发展？！没有水，一切都是空话！

"每次县里开会，水都是讨论时间最长的，也是讨论次数最多的，每一任县委、政府领导班子最想解决的，还是水的问题。"

站在苏巴什水库的堤坝之上，柯坪县原水利局局长赛买提·达吾提望着波涛平静的水面，回忆起了这段往事。

合理利用水资源，将野性的柯坪河驯服成为一条真正为百姓造福的母亲河，将柯坪河沿岸的无边凋敝变成良田萋萋，重建苏巴什水库，已成为柯坪各族群众多年来最迫切的夙愿。

三

据《柯坪县志》记载，"新中国成立后，为发展农牧业生产和解决人民生活用水，柯坪县修建了大量水利工程，并曾分别在 1966 年和 1970 年举全县百姓之力建过两座水库，但由于施工工艺简单，建成后都被洪水冲毁。"

这是大自然对柯坪的一次次磨难。

只是数十年来，党和政府从未忘记柯坪这个偏远贫困的小城，柯坪人民的生活状况更时时牵动着每一个共产党人的心。

柯坪多年来的治水之路就像一座难以逾越的山峰，充满了艰辛和困苦，从上世纪七十年代起，统筹利用好水资源，彻底解决旱涝交替的季节性矛盾，已经成为柯坪县历届领导班子逢会必提的重点议案。

40 年来，柯坪县委县政府领导班子及水利部门工作人员的足迹踏遍了柯坪河沿岸，疆内外水利专家往返柯坪多次，研讨、论证、立项，治水的决心从未动摇，修建苏巴什水库的进程从未中止。

72 岁高龄的柯坪县水利局退休干部提来木·西里甫说起当年参与建设苏巴什水库的情景时，深邃的眼眶中仍泪光闪闪。在老人饱含深情的述说中，我们足以还原当年苏巴什水库建设工地的场景。

那个春寒料峭的三月，南飞的雁刚刚穿越天山，贫瘠的柯坪大地，冬的痕迹还未走远，残雪依然覆盖万物，农田依然龟裂，干冷的风依然飒飒而行，然而，在苏巴什水库建设工地上，一群人心怀对建设美好家园的向往，豪情万丈地开启了苏巴什水库建设的序幕。

七十年代，水利设施还极其落后，工地并没有什么机械设备，有的只是人的双手和手里紧握的十字镐、砍土曼以及铁锨。

没有什么能够难倒一群心怀信念的人！

山区三月的荒野，深层的冻土还未完全融化，一镐下去，几乎震裂汉子们的虎口，阵阵剧痛传向颤抖的十字镐。

没有人喊痛。汉子们甩甩手，在手心里啐一口唾沫，再次沉稳地挥起十字镐，劈向坚硬的土地。

挖掘出的沙石没有现代机械运输，只能靠一辆辆驴车运送，可是这么多的毛驴从哪里来？只能向老百姓借。

可是老百姓不理解。政府修水库，为什么要用我家的毛驴？毛驴累坏了怎么办？公家赔不赔？

那时候，对贫穷落后的农村来说，牲畜就是他们最重要的交通工具，出门走亲戚、运送农具、拉粮食作物等等，全靠驴的四条腿，驴，是庄户人的重要运输大队。

村干部只能一家一家地做工作。提来木·西里甫的爷爷曾饱受旱涝之苦，深知政府修水库的意义，先是把自家心爱的毛驴牵了出来，而后陪同村干部一起挨家挨户地劝说："修水库是为我们老百姓办好事，既然是为我们自己办事，我们为啥不能把自己的毛驴贡献出来？"

村里有毛驴的人家陆陆续续牵出了自家的驴。

有了运输的牲畜，万事俱备，工程很快开工。然而，因为工程量太大，任务太重，很多毛驴都口吐白沫累倒了。提来木·西里甫爷爷家的驴也累倒了。

"谁不心疼自家的驴，可那是给老百姓自己谋福利呀，再心疼也得响应政府的号召呀！"提来木·西里甫老人真挚地说。

望着老人朴实的面庞，一种敬佩之心油然而生，就是这样一群人，一群平凡的人，甚至绝大多数没能在资料中留下他们的名字，却丝毫不影响他们用血肉之躯去与大自然抗争，用坚定的决心和壮志谱写柯坪县水利建设的壮丽序曲。

在这群人中，有像提来木·西里甫父子一样已被湮没在历史的浪潮中默默无闻的村民们朴实的背影，有柯坪县乡村三级党员干部们挥汗如雨的身影，还有历届柯坪县委、政府领导班子踏遍水库两岸的矫健身姿……

为摘掉柯坪头上戴了多年的"穷帽子"，一群叫作共产党员的人们为治水事业投入了大量精力，耗费了无数心血，"再造柯坪"成为这群人为建设幸福美好柯坪而许下的铿锵誓言。

历史已远去。然而，广袤的柯坪大地足以见证，长空南来的雁阵足以见证，滚滚的柯坪河水足以见证，在一群共产党员的带领下，在一种精神和一个信念的支撑下，许许多多平凡的人将汗水和血水洒落在柯坪大地，在这片贫瘠的土地上浇灌出一朵朵幸福之花。

那个春天，沉重的十字镐和卵石撞击出璀璨的火星，宛如黎明的星辰，点燃柯坪充满希望的明天；那个春天，拙朴的砍土曼闪着银光落向碎落的沙石，仿佛将阻挡柯坪前进的山岳铲除；那个春天，皲裂的双手和着咸涩的汗水，高高挥起，又落下，将梦想扬起，将希望种下。

《史记·夏本纪》记载："禹乃遂与益、后稷奉帝命，命诸侯百姓兴人徒以傅土，行山表木，定高山大川。禹伤先人父鲧功之不成受诛，乃劳身焦思，居外十三年，过家门不敢入。"

四千年前，中原地带洪水泛滥，人民流离失所。鲧治水九年，至死未能成功，其子大禹临危受命，率领民众与洪水抗争，终获胜利。其间，大禹为治水患，奋战于治水一线十三年，举身心之力，完成治水大业，而大禹"三过家门不入"的治水故事更是家喻户晓，流传数千年，激励一代代中华儿女奋发向上，建设美好家园。

大禹远去，斯人已逝，远古的气息已湮没在历史的天空，化为一段传说，治水的故事却千年不息，感动一个民族，将一种精神传承。

譬如已离开柯坪的历任县委书记李黔南、朱政、牛汉新、高焰，譬如至今仍奋战在柯坪脱贫一线、为柯坪人民鞠躬尽瘁的现任县委书记柯旭，譬如近在咫尺的陈志林、提来木·西里甫，以及默默无闻的仍与苏巴什水库日夜相伴的年轻的工作人员邱先念，譬如遥远到已永远无法归去的黄群超和那些远离家乡、妻儿的湖州援疆干部们……

有一种情怀叫大爱。

不尽如人意的是，由于诸多历史原因，苏巴什水库建设工程并非想象中的一帆风顺，从七十年代初起，就一直处于断断续续的建设状态，延续至1979年1月，彻底停工，水库建设工程最终搁浅。

那段时间，失望、埋怨，甚至不理解的质疑在柯坪上空蔓延，街头巷尾充满了议论，柯坪人以为自己只是又做了一个水库梦。

水啊，水！柯坪人的心里是那么地苦涩。

1986年，2002年，2008年，柯坪一次次提出重建苏巴什水库的建议，各方人员一次次实地踏勘，上会研究讨论，水利部门一次次制订重建方案，有关部门一次次向上级提交水库建设项目申请……

让柯坪人伤心的是，这些提议，依然一次次被各种因素搁浅。

苏巴什水库建设之路的一波三折和屡战屡败，一度让柯坪人几乎放弃。然而，对于共产党人来说，不屈服，是他们内心最坚定的信念。

再难的骨头也要啃，"柯坪人头上的'穷帽子'，必须摘！"

在县委会议室里，柯坪历任县委书记相同的话语铿锵有力，如同惊雷，一次次响彻在各级干部的耳旁。

是的，水的问题一天不解决，柯坪人就决不放弃！他们一次次挺起脊梁，一次次挑起重建家园的重担。

四

2006年6月，一个肤色白皙，沉静和蔼的年轻人来到了柯坪。

站在柯坪城外的田垄上，望着灰扑扑的土地上稀稀落落的庄稼，望着依旧贫瘠的柯坪乡村，他的心情沉重却又澎湃。

沉重是因为脚下这片土地的干旱和盐碱化程度之深，比他想象中的还要严重；澎湃是因为"再造柯坪"的蓝图将会在自己手中延续。

这个年轻人叫高焰，这一年，刚刚担任柯坪县委书记。站在田垄上的那一刻，高焰并没有想到，在柯坪，自己的心将会和柯坪人民系在一起，整整7年。

这7年，水，成为最牵动高焰心扉的一件事。如何治理桀骜不驯的柯坪河，如何合理利用每年七八月份丰沛的地表水资源，让柯坪摆脱水的困扰和束缚？

柯坪县委办公楼的灯光无数次点亮到深夜。

经过多次实地勘测及邀请疆内外专家研讨、论证，2008年11月，高焰上任后提出并主抓的高位调蓄沉砂池工程完工，蓄水量可达278万立方米。

这项工程计划从2008年4月至2010年9月分四期完成，2008年首先完成100万立方米的调节沉砂池建设，冬天闲时蓄水，夏天农忙时灌溉，统筹利用了水资源，有效保障了农田灌溉用水。并且如果这一项目全部建成，全县每亩农田的灌溉定额将由原来的500立方米降至350立方米，水资源的利用率可提高30%，可满足柯坪县苏巴什灌区两乡一镇近5万亩耕地的滴灌用水，在一定程度上解决困扰柯坪乡镇多年的农业用水问题。

2008年12月2日，是柯坪历史上一个值得载入史册的日子。因为这一天，新疆最大的自压节水滴灌水利项目就要开闸蓄水了！

往年，因为缺水，柯坪老灌区有1.5万亩到1.8万亩的棉花地每年只能灌一次水，每亩新棉产量最低时只有80公斤，棉花收成已经低得不能再低。而现在，就拿盖孜力克镇来说，推广滴灌技术后，试点地块实行滴灌，一年可以灌 8 次到 12 次水，大大地提高了农作物的产量，农民致富增收已是不争的事实。

12 月 2 日当天，柯坪县举办了隆重的蓄水仪式。这天一早，柯坪县玉尔其乡的农民玉素甫江·买买提就带着家人赶到了水库现场。这个祖祖辈辈都生活在柯坪的维吾尔族中年汉子站在沉砂池进水闸前，激动得热泪盈眶。

是的，怎么能不流下幸福的眼泪呢？沉砂池工程的建设，让农民赖以生存的根本——土地，再也不会缺水了！并且因为它，还能为全县新增近两万亩耕地面积！

两万亩耕地，这意味着什么？它意味着以农业为主要产业的柯坪县近四分之一的土地将永远摆脱缺水的魔咒，农作物产量将成倍上升，受益的这些贫困乡村很快就要走上富裕之路！

这巨大的鼓舞，也更加坚定了柯坪政府建设苏巴什水库的决心。

然而，沉砂池工程只是解决柯坪农业用水问题的第一步，要彻底摆脱水的魔咒，确保柯坪全县耕地充沛的灌溉用水，重建苏巴什水库仍是最好的选择。

2010 年 5 月，中央新疆工作座谈会在北京举行，一时间，举国上下全力支持新疆经济大发展，西部大开发的鼓点越发昂扬。面对这难得的机遇和莫大的激励，柯坪人再一次振奋了，"万事俱备，只欠东风"，摘掉柯坪头上戴了多年的"穷帽子"，已不再是遥不可及的事，柯坪人盼望了多年的苏巴什水库建设项目再一次被提上日程！

但是，对长期以来一直靠国家和自治区财政支援的贫困的柯坪县来说，仅水库建设项目前期的科研、设计等费用开支，就是一项巨额的开支。

钱怎么来，从哪里来？年轻的县委书记高焰眉头紧蹙。

"还有很多比我们更困难的地方，咱们不能一味向国家要钱，没有钱，咱们就想办法自筹，灌区用水的问题必须从根子上解决，苏巴什水库建设项目不能再拖！"县委经济工作会议上，高焰紧握拳头，斩钉截铁地说。

众志成城，化石为金。2011 年至 2014 年 3 年间，贫困的柯坪县大幅压缩政府机关经费开支，举全县之力，自筹资金 1300 多万元，完成了水库前期的项目科研、设计等工作，设计水库控制流域面积达 4428 平方公里，设计控制灌溉面积 7.2 万亩。

"红旗漫卷西风，今日长缨在手，何时缚住苍龙？"

2014 年 1 月 6 日，在新一届柯坪县委召开的第一次扩大会议上，新任县委书记柯旭坚定地说："水利兴则柯坪兴！要集全力推进水库建设项目！"会后，柯旭带领项目班子成员飞赴乌鲁木齐，分别向自治区领导及有关厅局汇报，有关项目评审会也随之进行……50 多天后，苏巴什水库建设项目通过自治区评审，2014 年 7 月，成功被列入《全国"十二五"大中型水库规划》，建设总投资达 23154 万元。

<h2 style="text-align:center">五</h2>

2019 年 6 月的一天，正是仲夏，烈日熏熏，杨柳无风，柯坪县一家简陋的民族饭店。

我坐在离柯旭不远的一张圆桌前，在菜盖面和油泼辣子的香气中，用一种崇敬的目光注视着眼前这位有着学者气质的政府官员。

这一天，离柯旭接任柯坪县委书记已过去近 6 年。

这是一位沉稳、睿智的中年男人，在他身上，我完全看不到一些所谓的官员身上充斥的傲慢与优越的成分，谦和与沉稳的气息仿佛四月的春阳，蔓延在空气中，弥散了所有的拘谨。

柯旭端起一盏茶。碗，是并不精致的粗瓷小碗；茶，是维吾尔族饭店最常见的茯茶。茶汤棕黄，亦不清澈，粗糙的茶梗漂浮在茶汤之上。他轻轻地抿一口茶，垂下眼睑，仿佛在沉思什么。然而很快，他又凝神望向门外，车流，人群，从翠绿色的珠帘后穿梭而过，喧嚣，却又宁静。

这是一个如此安详的午后。

我看见柯旭的目光隐含笑意，笑意中，依稀有字迹映在深邃的眼眸后：坚毅。

是的，柯旭，这个沉稳的中年男人，已然将这僻远的柯坪小城当作了自己的家，将柯坪的父老乡亲当作了自己的亲人！摘掉柯坪戴了多年的"穷帽子"，已然成为他人生孜孜以求的事业和最企盼的梦想！

"为柯坪的经济建设大局，再难，我们也要想办法解决，人定胜天，这不是空话，我们要发挥我们的聪明才智，要拿出啃硬骨头、打胜仗的决心，让柯坪告别洪涝灾害，要以'等不起'的紧迫感、'慢不得'的危机感、'坐不住'的责任感，坚决打赢脱贫攻坚战，不达目的决不收兵！"在县委脱贫攻坚会议上，柯旭铿锵有力地说。

每一次站在城外的农田边，望着脚下这块日渐丰腴的黑土地，日益茁壮的庄稼和幸福洋溢在脸上的村民们，柯旭的心里满满都是欢喜和兴奋。没有什么比实现自己的梦想更能令人振奋的了！

2015 年 3 月，冬的气息还未远离，柯坪远郊的冻土层还未融化。苏巴什水库新址工地上，穿梭不息的运输车流，挖掘机挥舞的吊臂，这喧嚣的场景打破了山野的寂静。

历经 40 余载，这座总投资 2.3 亿元的水库即将开工了！

在工地弥漫的尘土中，有一个人，伫立在一块巨大的岩石上，默默地注视着眼前的一切。工地上的工人们并不知道，这个人，就是柯坪人民的父母官，时任柯坪县委书记柯旭。

此时的柯旭，看似平静，内心却早已是波澜起伏，百感交集。这个风尘仆仆的中年男人想起了在柯坪这一年来无数次踏勘苏巴什水库建设现场的情景：3 月的料峭，7 月的烈日，8 月的急雨，以及 12 月的寒风，坎坷的山路在脚掌磨出的泡溃疡后钻心地痛，早已失去温度的干馕和着冷冰冰的矿泉水让胃一次次地痉挛，还有深夜的县委会议室，弥漫的烟雾熏得人几乎睁不开眼，以及一个个辗转反侧的失眠的夜……

这个坚强的男人湿润了眼眶。

他将目光投向远处，隆隆的机器声中，铁列克山泛着青灰的颜色逶迤而去；他将目光投向更远的天际，看见天山之巅白雪皑皑，亿万年堆叠的积雪闪耀着银色的光芒，俯视着大地。

这沉默不语的高山曾经见证了多少山河沉浮，人间万象！而今，它又将见证一条野性的河流化身而为温情脉脉的母亲河的历程……

我想起了历史上有关灾年的记载。

光绪二年（1876年），以直隶、山东、河南为主要灾区，北至辽宁、西至陕甘、南达苏皖，曾形成了一片前所未有的广袤旱区。旱灾引发蝗灾，蝗虫遮天蔽日，把残存的庄稼吞食精光。到夏秋之间，又因阴雨连绵，数条河流同时泛滥，致使遭受了旱、蝗之灾的土地又被洪水淹没。全国大部地区农业歉收、收成减半或颗粒无收，逃荒灾民不计其数。

据1877年6月30日《申报》记录，这场前所未有的大旱持续到第三年，饥饿难当的灾民为了活下去，开始扒树皮、挖草根，甚至吃"观音土"果腹。

《南江县志》对1877年川北的旱灾有翔实的记载："丁丑岁，川之北亦旱，而巴（中）、南（江）、通（江）三州县尤甚……赤地数百里，禾苗焚槁，颗粒乏登，米价腾涌，日甚一日……登高四望，比户萧条，炊烟断缕，鸡犬绝声。服鸠投环、堕岩赴涧轻视其身者日闻于野。父弃其子，兄弃其弟，夫弃其妻，号哭于路途……是冬及次年春，或举家悄毙，成人相残食，僮（死部）殍不下数万。"

这就是历史上最悲惨的发生在清朝光绪初年（1875—1878年）的"丁戊奇荒"大旱灾中的场景。

它让我的眼前浮现出影视剧中的荒年场景，那些拖儿携女、蓬头垢面的逃荒场景和中华大地饿殍千里的惨状。

我不寒而栗。我想这样的场景将永不会在我的生命中出现，我确定。

6月的山风清凉而湿润，猎猎地从苏巴什水库掠过，宽阔的水面掀起阵阵涟漪，在午后的阳光下闪烁着银色的光芒。我默默地站在堤坝之上，身旁是水库工作人员邱先念布满阳光痕迹的漆黑的俯在护栏上的双臂。我看见天空青蒙，远山凝重，并无黛色。

这一天，是2019年6月7日，中国传统节日端午节，伟大的爱国主义诗人屈原投身汨罗江的纪念日。

一样的河水，一样的波涛，两千多年前的五月初五，在山河破碎的绝望中，一个瘦弱却义无反顾的身影纵身跃下汨罗江，湮没在涛涛江水中。

这个人叫屈原。从此，世上再无屈夫子，只为后人留下一部浪漫的文字和一个沉甸甸有关缅怀的节日。

那时候，屈原所在的时期叫战国，一个诸侯割据、烽烟四起的混乱年代。

同样是水，两千多年后的二十一世纪，在一个叫作"复兴梦"的激励下，一群人怀着建设美好家园的坚定信念，奋战40余载，将柯坪河拥入苏巴什水库博大的胸怀，让河水脉脉东流，滋润两岸万顷良田，让这条曾经扮演了掠夺者角色的狂野的河成为一条真正的母亲河。

而现在，在我的眼前，苏巴什水库平静如镜，荡漾着温柔的波光，曾经的野马已驯良如鹿，看不出一丝狂野的痕迹。我仿佛看见历届的柯坪县委书记为柯坪人民的千年梦想不懈奋斗的身影，他们与柯坪人民一起为改变落后和贫困而团结奋斗……

六

2017年6月，历经两年零三个月紧张的建设，苏巴什水库全面完工。至此，这座延绵40余载，水库总库容量1561万立方米，最大坝高35.5米，坝顶总长 440.5 米，耗费无数人心血的水库，终于要蓄水启程了！

11 个月后的 2018 年 5 月 18 日，又是一个值得载入柯坪史册的好日子。这一天，苏巴什水库顺利通过自治区水利厅主持的水库下闸蓄水阶段验收，正式投入使用。

一条被人类所驾驭的曾经狂野的河流，当它滚滚的河水被一座巨大的水库拥揽入怀，化身为温情脉脉的清流，它终将成为一条有着博大胸怀的慈爱的母亲河，它改变了一个城市的命运，也改变了曾经因水而困扰数十年的柯坪人的未来生活……

2019 年端午节，我和随行的队友们在柯坪县委宣传部宴晓波副部长及工作人员邵振萍的带领下，来到了柯坪县玉尔其乡库木力村鲜蔬源果蔬种植农民专业合作社种植的小拱棚蔬菜基地。

正是午后，阳光明媚，清风微拂，高大的防风林将道路与农田分隔。跃过一条潺潺的小溪，我伫立在湿润的田畔，面对的是一片生机勃勃的菜地。

这是一片豇豆种植园。恰是豆苗旺盛生长的季节，花蕾未孕，还未结果，只有狭长的豆苗叶贪婪地沐浴着阳光。身边，合作社的负责人侃侃而谈，我却忘记了聆听他的述说，眼前不觉浮现出豇豆园成熟的模样，仿佛一片绿色的波涛，波涛之上，无数条纤细翠绿的豆角摇摇荡荡，在微风中婀娜地舞蹈着，那些硕壮的、成熟的果实，被农人们灵巧的手摘下，整整齐齐码在菜场、超市和路边的菜摊上，最后洋溢着诱人的气息，成为柯坪人餐桌上的一道美味。

多年以来，因为水的制约，柯坪一直无地产蔬菜，百姓冬春季节多以肉食为主，夏秋季所吃的新鲜蔬菜，亦多是自阿克苏周边县市运送而来，因运输成本高，其价格相应高企，令柯坪人的生活成本远高于其他县市。

而今，苏巴什水库的水足以满足全县农田的灌溉用量，柯坪各乡镇大多拥有了自己的蔬菜温室，不仅完全解决了乡镇人民的蔬菜需求，甚至还能供应到县城市场，柯坪人再也不愁吃不到地产蔬菜了！

我来到金戈壁设施农业园，随手掀开一座温室大棚的门帘，一股潮热的气息扑面而来，一片从未见过的景象令我和我的队友们意外不已。

这竟然是一个罕见的火龙果种植大棚。

正是 6 月孕蕾时节，我看见几朵花蕊隐露出白色的蕾缀在枝干上。

我从未想到在新疆之南会遇到开花的火龙果。

因为在此之前，火龙果这种原产于南国的热带水果，只能靠汽车长途跋涉来到遥远的新疆，恰如当年的唐玄宗李隆基为博得爱妃杨玉环的欢心，不惜千里驿传荔枝，留下"一骑红尘妃子笑，无人知是荔枝来"的千古名句。

然而，在 2019 年的一个夏天，在国家级贫困县柯坪，火龙果已然在戈壁滩上深深地扎下了根。

在盖孜力克镇库木鲁克村，我们遇到了热情的村民帕尔哈提·阿不力米提，并邀请我们去他家看看。

我坐在宽大而舒适的沙发上，环顾这标准的少数民族风格的家——窗明几净，电器俱全，32 岁的维吾尔族男子脸上洋溢着自信和骄傲，28 岁的妻子阿曼古丽麻利地端上自家炸的馓子等小点心，以及一盘熟透的黄杏。

我将一颗黄杏放入口中，甜蜜的滋味瞬间弥漫唇舌。温婉的阿曼古丽微笑地望着我，我仿佛明白了什么，这黄杏的滋味，分明就是帕尔哈提·阿不力米提和妻子阿曼古丽甜蜜生活的滋味啊！

"以前我们家住在离这里 25 公里地的村里，家里只有 3 亩地，要养活 4 口人，地少又没有水，我们连饭都快吃不上，全凭镇政府救济。后来我们村子上的人整体都搬迁到了这里，国家给我们修了宽敞的安居房，还有羊圈、菜地，因为苏巴什水库修好了，水也不缺了，村里又给我分了 25 亩土地、10 只扶贫羊。现在，两个娃娃都上学了，我老婆做点小生意，我被安排到乡派出所食堂做饭，每个月有 3500 块钱的工资，空闲了还能管管地，日子一天比一天好，去年我家还买了小汽车呢。"帕尔哈提·阿不力米提兴奋地述说着，妻子阿曼古丽在他身旁抿着嘴，幸福地微笑。

柯坪，这不能再简陋的小城，当我凭栏于山风猎猎的苏巴什水库之上，徜徉在县城狭窄的街道之中，穿梭于喧闹的夜市里，行走在枝叶交错的杏树和桑树下，伫立在生机勃勃的蔬菜园的田垄上，坐在淳朴的村民帕尔哈提·阿不力米提舒适的家中，"贫穷"这两个令人羞赧的字眼，已经在渐渐远去。

当我手抚铁村白驼山庄温凉的石驼，遥望远方葱郁的绿，我确信，远古的跋涉终将是历史的记载，不再重演。

当我站在启浪古城肃穆的城墙之上，凝视近处的戈壁，那些残垣和疮痍已匍匐成大地的肌肤，宣告一段苦难历史的终结。

铁列克山依然沉默，那些雨水和地心的溪水，都已随柯坪河奔流而去，喧哗着，欢笑着，拥入苏巴什水库辽阔的胸怀……

第二节　重生之水

不算太远，却能穿越时空
跋涉了千年的路程
只为遇见你，只为这些活着的生命

我不想歌颂。岁月的风声
只想把深深的根扎进这片亘古的土地
犹如血脉传承，生生不息

一滴水，穿越了戈壁底层
从托什干河抵达贫穷的根源
充溢了生命，甜蜜了生活

——朱小七

一

夜还未潜藏，黎明仍在跋涉的路上，月亮银白如玉，清冷地挂在天边，水的潮湿正凝结成露，在山脉之上一点点晶莹。墨色仿佛在褪去，只是天依旧暗郁，只在东方一抹几乎看不出痕迹的微光。

黎明前的夏夜，一切还在寂静中。除了睡梦中田园犬的哼吟和夜鸟扑簌掀起的树叶声。

大地在沉睡。

新疆南部柯坪县玉尔其乡尤库日斯村。杨柳深沉的剪影下，一座四方的小院，静静地矗立在月色中，依稀可见葡萄在檐下攀爬。藤蔓下，屋门紧闭，窗扇半掩，一缕银色的光透过纱帘的孔隙斑驳地洒进屋子。

48 岁的阿不都沙拉·买皮孜轻轻地从炕上坐起。妻子还在酣睡。

夏夜微凉，披件外套，他走出屋子，站在小院的葡萄架下。

阿不都沙拉·买皮孜家祖辈都是牧民，几代人长年喝着苦咸的涝坝水，住在阴暗的地窝子里，过着颠沛流离的游牧生活，从未走出过柯坪这块狭小的天地。5 年前，政府补贴修建定居兴牧房，阿不都沙拉·买皮孜只花了 3 万多元，就搬进了宽敞明亮的新房。每每看着焕然一新的家，喝着自一百多公里外的温宿县引来的甜水，还有越过越好的日子，阿不都沙拉·买皮孜心里满满的都是幸福。

晨曦中，依稀可见头顶枝叶婆娑的葡萄。"这马奶子葡萄是我女儿最喜欢吃的，汁水丰沛，咬一口，蜜入心扉。现在正是开花时节，等到 8 月，绿玛瑙样的葡萄就密密匝匝地结满树了。到时候，摘一些下来，精心地储存，能放到冬天呢。那时候，在北京上大学的女儿就回来了！"

阿不都沙拉·买皮孜没上过学，从小就跟着父亲在山里放羊，连柯坪县城都没去过几次，他从未想过自己的女儿会出息到去首都北京上学。女儿收到录取通知书的那一天，他和妻子开心得都跳起来了，这可是他家，不，是整个尤库日斯村的骄傲呀！

这可都是妻子给自己生了个好女儿啊！想到妻子，一丝柔情在阿不都沙拉·买皮孜心中弥漫开来，暖暖的，痒痒的。

在葡萄架下伫立了一会儿，阿不都沙拉·买皮孜向小院西墙下的羊圈走去。

羊还在沉睡。听到主人的脚步声，领头的大公羊库尔班立刻站起来，转过身子，圆溜溜的眼睛瞪着主人。

头羊库尔班醒了，羊群也开始骚动，纷纷起身，望着主人咩咩叫了起来，阿不都沙拉·买皮孜喜爱地摸了摸走过来的库尔班毛茸茸的大脑袋，顺手丢了一把头天割的草进羊圈，羊们欢欣地嚼起来。

旁边鸡圈里，一只大公鸡不甘示弱地引吭高歌，母鸡们讨好地跟着咕咕叫，院门口的土狗也跟风摇着尾巴吠了几声。

天色已经开始发亮，月亮依然悬在天空，只是光辉淡去很多。

走出羊圈，阿不都沙拉·买皮孜推开院门，望向东方。一抹鱼肚白正一点点吞噬黎明前的深蓝，深蓝不甘心地一点点褪去，褪去……青白色的天空越来越宽广，隐隐能看见淡淡的霞光，泛着朦胧的红，在天际氤氲。

远方，最后一抹深蓝终于被完全吞噬。

天终于亮了。

二

1946 年的一天，天山支脉黑尔塔格山南麓的一个小村庄，一座低矮的地窝子里，传来一阵清亮的婴儿啼哭。这是买买提·阿不拉来到人世间的第一声啼哭。像所有山区孩子一样，在这个僻远而荒芜的小村庄里，买买提·阿不拉从少年到青年，最后娶妻生子，过着和他祖辈一样波澜不惊的牧区生活。

直到多年以后，这个小村庄被划归为柯坪县玉尔其乡玉尔其村，政府出资修建了安居房，买买提·阿不拉一家才终于结束了颠沛流离的游牧生活，过上了安定的新农村生活。

在童年的买买提·阿不拉眼中，山区的生活虽然艰苦，也是有许多乐趣的，譬如离自家地窝子一百多米远的山坳里，就有一个涝坝，买买提·阿不拉就常和村里的孩子们在涝坝边嬉水，甚至在盛夏时脱得光溜溜的在里面游泳。

当然，得偷偷地，倘是被父母们看见，必然是要遭一通暴揍的。因为这个涝坝，对村子来说，实在太重要了，它根本是全村人救命的源泉，村里所有人家的生活用水，包括牲畜饮水，全部来自这个不起眼的涝坝，倘是涝坝里的水被孩子们污染了，那就没法喝了。

伴随着涝坝一起成长的买买提·阿不拉清楚地记得，春天时，涝坝里会繁衍出许多小蝌蚪，村民们挑水时，一不小心，就把蝌蚪带回了家。盛夏时节，水面蚊虫滋生，水里还有一些水生小动物，人在东边打水，牛羊在西边饮水，已经成为涝坝边多年不变的风景。

可以想见，这种矿物质严重超标，各种微生物不计其数的水，喝的时候一不留神，就会让蝌蚪和蚊虫在身体里游弋。当地人长期喝这种盐碱水，大多生一口暗黄的氟斑牙，仿佛被烟浸染了多年。就算是已经告别苦咸水的今天，倘是柯坪县的人去阿克苏，根本不用说自己是哪里人士，只消露出一口特殊的氟斑黄牙，对方已然明了，会心地一笑："老兄，柯坪来的吧？"

黄牙，和贫穷一样，已然成为柯坪人无可奈何的名片。

对柯坪人来说，涝坝水带来的最直接恶果，氟斑黄牙算是极为客气的了，腹泻亦已然司空见惯，他们的肠胃早已百炼成钢，抵得住平常细菌的侵袭，一种叫作大脖子（甲状腺肿大）的地方病，在彼时的柯坪，更是比比皆是。

但最恐怖的当属结石病，像噩梦一样让柯坪人谈之色变。上世纪六七十年代，肾结石、输尿管结石、胆结石和高血压等疾病一度在柯坪泛滥成灾。买买提·阿不拉可怜的父亲就不幸罹患了结石病，因为当时的山区并没有医疗条件，病人得不到很好的治疗，在买买提·阿不拉 8 岁那一年，就亲眼目睹被结石病折磨得痛不欲生的父亲悲怆地离开了人世。

不只是玉尔其村，对启浪乡的其曼村来说，境况亦如出一辙，不仅农用水奇缺，生活用水也是一个长期无法解决的难题。

启浪乡其曼村是一个移民村，位于风口，空气极度干旱，土地和水质盐碱较其他乡镇更为严重。1997 年 3 月，启浪乡周边乡村 305 户牧民搬迁来到这里，然而，因为农田灌溉极度缺水，饮用水仍然是水质极差的涝坝水，因此，整个村子的搬迁户陆续回到老家，到年底只剩下几十户牧民坚守在村里。

买买提·阿不力米提就是当年留在其曼村的牧民之一。

他还记得，每逢春季，村子里干旱无雨，涝坝水位严重下降，谁家都恐怕断水，村民们纷纷提起桶往自家担水，可惜僧多粥少，村民们常常会因抢水引发口角，甚至拳脚相向。缺水最严重的时候，主妇们都是一盆水先洗菜，洗完菜沉淀一下再洗脸，洗完脸还舍不得倒掉，最后再用来洗衣服。

这是一组来自医务工作者提供的数据：在柯坪县开展的第一次全民体检活动中，发现结石病发病率之高令人触目惊心，全县竟然有近 20% 的人患有各类结石病，平均下来每 5 个人中间就有 1 名结石病患者！

时年，柯坪县共有常住人口 4 万余人，20% 的比例，就意味着接近上万人患有结石病！并且在柯坪，通过饮用不良水发生和传播的疾病就有 50 多种！

这个数字令我震惊不已。

这组令人痛心的数据让我渐渐明白了柯坪县从 1995 年开始的漫长的 20 多年改水历程的初衷，明白了历届县委、政府为什么会不惜一切代价为全县人民寻找放心水源、建水厂，甚至耗巨资从 100 多公里外的温宿县引来甜水。

买买提·阿不拉和他的家人们生在了一个温暖的时代。

三

上世纪八十年代，国家水利部曾对全国水资源情况进行调查，柯坪县的地下水、地表水均被普查，结果显示，其总硬度、硫酸根离子、硫化物超标，矿化度高企，属于苦咸水类型，不适合人类饮用，因此，为柯坪县水质定下"柯坪县境内无好水"的结论。

这一结论曾令柯坪人沮丧不已。

于是，在后来，为了下一代的健康，失望之余的柯坪人只能购买阿克苏市出产的桶装纯净水饮用，而各机关事业单位为了留住人才，也大多安装了净水设备。

这真是一个无奈之举。

然而对于没有这样便利条件和仍然贫困的乡镇村民以及山区牧民们来说，他们主要生活用水仍然来自当地的水源。结石病仍然不可避免地成为当地居民发病率第一的疾病，此外还有包虫及副伤寒等恶性传染性疾病。

为解决水的问题，1987年，柯坪县和邻近两乡一镇联合兴建了城乡水厂，水源来自苏巴什泉水，通过苏巴什总干渠引水，并设置分水闸，向城乡水厂分供水。作为国家级深度贫困县的柯坪，当时的经济状况可想而知，县财政穷得叮当响，建水厂依然没有钱，只能伸手向国家申请。

然而，国家资金非常有限，贫困县不止你柯坪一个，还有云贵川老边穷呢。怎么办？缺口还得自己想办法。

权衡之下，柯坪县委、政府领导班子决定将水厂建设标准降低，先兴建了必备的供水设施，供水管道亦未延伸至村民家中，也就是说，要用水，大家还得到公用水龙头去接水，不仅不方便，还时有时无，供水保证率极低。另外，因为资金匮乏，水厂无力购置水净化设备，供水水质其实就是将原生态的苏巴什泉水用水管引进各村镇而已。

柯坪人的确不用喝有虫子的涝坝水了。可这依然是水质没有任何改善的苦咸水啊!

为解决全县城乡居民的饮水问题,从 1995 年开始,柯坪县开始了长达 20 余年的大规模的人畜饮水工程建设,时年已近 50 岁的买买提·阿不拉就参加过通古斯布隆饮水工程建设。

九十年代的柯坪,不仅干旱,和八十年代相比,依然很穷,穷到什么程度呢?

1996 年进行的通古斯布隆饮水工程建设时,和建水厂一样,财政捉襟见肘,拮据到只能掏得起管线钱,而开挖管沟的费用,一毛钱没有。总不能挖渠也向国家要钱吧?那太打柯坪人的脸了。可是又怎么办呢?

县委书记亲自作动员,全县开展义务劳动,人工挖渠引水!

回忆起当年那段挖渠的历史,买买提老人仍记忆犹新:"那次,一共要挖 30 公里的渠,我们家 3 个劳动力,分了 6 米的任务,技术人员要求渠深 1.8 米,宽 1.2 米,山区土地极其坚硬,劳动强度很大,我和很多人的手上都打满了血泡。因为工地很远,不能回家,我和家人们只能带着铺盖和馕,吃住在工地。整整近 3 个月,我们一家人吃住都在工地。"

1996 年 10 月,清澈的山泉水就引进了村,还入了户。

村委会通知大家要通水那天,买买提和妻子、儿子端着盆、提着桶,早早站在水龙头前,眼里全是欢欣:我们也像城里人一样,喝上自来水了!再见,涝坝水!

通水的时间到了,买买提把一个铁桶放在水管下,用颤抖的手拧开龙头。

没有水。

妻子和儿子拥了上来,满脸的疑问。买买提也狐疑地俯下身子,将一只眼睛对准水龙头的出口,里面黑洞洞的,什么也看不见。突然一阵嘶嘶的气流声,一股气体激越地冲出,嘭地打在买买提的脸上,买买提吓了一跳,慌忙向后退了一步，一股浑浊的泥浆水澎湃而出！

泥浆水过后，水质渐渐变得清澈。买买提将手伸向水流，接了一捧水，压抑住激动的心情，将水缓缓送入唇边。

买买提吧嗒几下嘴，品了品，又喝了一口。

他点点头，又摇摇头："水清凉得很，比涝坝水好喝多了，就是还是有苦咸味。"

妻子说："只要不喝涝坝水，咸点就咸点吧，能有自来水我已经很满足了！"

儿子说："哎，那我们啥时候能喝上甜水呢？"

"儿子，知足吧！你们爷爷的爷爷，都是喝的涝坝水，我和你母亲也是喝苦咸水长大的，不是啥问题都没有？不管怎么样，至少你们现在不用喝有虫子的死水，也不用和毛驴子一个池子里抢水喝了，山泉水虽然还是不好喝，毕竟干净了。喝吧，不要想那么多了！"买买提·阿不拉安慰他的儿子。

"柯坪境内无好水"的定论，依然死死地禁锢着柯坪人。

在73岁的买买提·阿不拉老人说起这段往事的时候，我看见老人银白的山羊胡子之上，翕动的嘴唇间一排泛黄的氟斑牙，俨然历史的印记，见证着那一段苦咸水的历史。

面对这样的现状，曾经一段时间内，柯坪人已经不再做甜水梦。

全县水质不达标，怎么办？是放弃还是继续努力？

为了一口甜水梦，柯坪人在努力，柯坪历届县委、政府领导班子在努力。纵使明知"柯坪境内无好水"，他们亦从未放弃。

四

1972年，我出生于离柯坪县160余公里，有着"塞外江南"美誉的小城温宿。老天确实青睐于温宿这座小小的边城，与"全境无好水"的柯坪相比，温宿从未为水而忧愁过，托木尔峰这座巨大的固体水库，其发育的800多条冰川，一部分就流经温宿。这里水质澄澈，入口甘甜清冽，不仅滋润了托峰脚下万顷良田，亦哺育着城乡23万余人民。

喝着甜水长大的人，无论如何亦是体会不到柯坪人世世代代喝的苦咸水滋味和对甜水的企盼之心。

及至18岁那年仲夏，我和哥哥去探望于喀什工作的父亲。

我路过与柯坪地貌相似的西克尔，在一家小小的饭店里，第一次品尝到了苦咸水的滋味：怪异，满口咸涩，仿佛添加了盐和碱，令人根本无法下咽。

从此记忆深刻，始知苦咸水之名果然形象、贴切。及至后来知晓柯坪独产苦咸水，再度忆起当年西克尔之水，不禁对柯坪人钦佩之至，尤其是湖州援疆干部，这些来自江南鱼米之乡的人们，哪里经历过边城这样恶劣的自然环境，哪里喝过这难以入口的苦咸水呢！

然而，他们仍然选择坚守在柯坪。

不需要言语，这就是最好的诠释。如果你热爱一片土地，如果你由衷地希望为这片土地上的人们做些什么，那么就用时光，用韶华，用信心，来扎根这片土地，来陪伴这片土地上的淳朴的人们吧！

2019年端午节，我跟随阿克苏地区作协采风团来到柯坪，在一家饭店，我终于喝到了柯坪的水。然而，水质清甜，入口余甘，已然完全失去了苦咸水的滋味。据说这是自100余公里外的温宿县恰格拉克乡英巴格买里村引来的甜水。

这是我第一次来柯坪。其实，我有些小小的失落，我想尝一尝柯坪的苦咸水，是否是18岁那年在喀什的西克尔喝到的苦咸水的滋味，我想更深切地懂得留在柯坪的人们的坚忍和责任。

苦咸水已成为柯坪的历史，它只留在老一辈人的记忆中。

只是，我更为柯坪人感到欣慰，因为那些默默驻留在柯坪的人，无声地用行动使柯坪人告别了世世代代未曾改变过的苦咸水的滋味。

不需要我们为谁歌颂，从涝坝水到山泉水，再到远道而来的甜水，一股股清澈的水流沥沥而出，就已然见证了一切的爱和温暖。

现年 70 岁的塞买提·达吾提是柯坪县人大原主任，1993—1998 年期间，曾担任柯坪县水利局局长。在他任职的这 6 年时光里，为了让老百姓喝上甜水，这个粗犷的维吾尔族汉子曾徒步 30 公里到山区寻找水源。

那是 1995 年的夏初，正值壮年的塞买提·达吾提带着柯坪县水利局的 3 名工作人员，乘坐一辆磨损严重的北京 212 吉普车奔赴山区。

塞买提·达吾提坐在副驾位，眉头紧蹙，一言不发地盯着前方远山的轮廓。

"达吾提局长，你说我们这次能找到甜水吗？"有人问。

"难哪！咱们也不是第一次出来找甜水了，每次都是无功而返，我心里也着急得很，可是再难也得找啊！我们年纪已经大了，不图什么了，可是我们的下一代，决不能再喝苦咸水了，总不能让娃娃们再一口的大黄牙出去让人笑话，也不能再让医院里都是看结石病的人呀！"塞买提·达吾提长长地叹了一口气。

这确实不是第一次去山区找水了。

这一次路途，也比之前的每一次进山更为漫长。蹚过山洪淹过的鸿沟，越过坎坷曲折的山路，穿过汽车勉强能行走的河道，甚至还遇到过一群奔跑的黄羊。到最后，一直行驶到无法再前行的山脚，汽车终于停了下来。

一行人从附近的牧民家借了一匹马，把沉重的行李驮在马背上，开始了他们的找水之旅。

那一次，加上司机，一共 5 个人，一匹马，蹒跚地行走在牧羊人踩出的弯弯曲曲的羊肠小道上。每遇到一处泉眼，塞买提·达吾提都第一个冲过去，兴奋地掬起一捧送进口中。

可是每次他都蹙紧了双眉。依旧是熟悉的苦咸水滋味。

他们在山里足足待了三天两夜。这三天，他们每天都是早早就出发，到天傍黑了才扎营休息。没有蔬菜，总吃干馕，每个人的嘴唇都干裂爆皮，一笑就冒血泡泡。双脚也是，每个人的脚上都被磨出水泡。

第三天下午，考虑到水和干粮都不足，塞买提·达吾提决定出山。

汽车掀起阵阵尘土，轰鸣着向城里的方向疾行。车厢里，大家沉默不语。依然是一次失败的找水之旅。疲惫的塞买提·达吾提紧闭双眼，靠在座椅背，陷入了沉思。

这个中年汉子内心五味杂陈，一次次地找水，一次次地失败，难道柯坪真的就应验了"全境无好水"的定论？

水啊水，你何时才能变得甘甜？塞买提·达吾提的眼中升腾起一片雾气。

五

柯坪真的是太难了。

灌溉用水的极度缺乏，生活用水的严重不达标，经济长期得不到发展，贫困的帽子始终摘不掉，多重压力的负累之下，历届柯坪县委县政府的领导们劳心劳力，神伤不已。

然而，发展经济，发展民生，怎么能离开水！

有关水的议题一次次拿出来，有关水的专项会议一次次召开，有关水的项目一次次奔波，从柯坪到阿克苏，再到首府乌鲁木齐甚至国家水利部门。步行，汽车，火车，飞机。时代不停地变迁，交通工具不停地更新，前行的面孔亦一张张变幻……

花开花落，雁去雁回，岁月在奔忙的脚步中渐渐流逝，那些曾经专注于水事业的前人已在纷繁的岁月中渐渐远去。

然而，不变的是改水的初衷。

不忘初心，方得始终。

1995年后，柯坪县利用国家对贫困县的政策优势，筹集资金，首先完成两乡一镇的管网铺设，并采用集中式供水方式，直接供水到户，也就是真正意义上的自来水；随后，又启用了通古孜布隆水源工程，确保了供水水量。然而，水量是保证了，但水质问题仍然未得到根本解决。

这就意味着柯坪县两乡一镇的百姓喝的仍然是苦咸水。

鉴于此，2004年，柯坪县又实行了防病改水工程，由政府出钱打井，为村民们引来了阿克苏干净的自来水。

2005年，柯坪县再次利用城市供水改造资金，完成了已经运行了10年的两乡一镇水厂管理用房的维修改造，并在阿恰乡北部靠近北山坡附近建了2眼供水井，集中解决了阿恰乡的饮水困难问题，同时，为解决新建阿恰水厂水质问题，这次终于采用了水处理系统，并兴建了高标准的水厂，使阿恰乡水质达到饮水安全要求。

2009年，在国家和湖州援疆项目的关心支持下，柯坪县又启动了总投资为1145万元的直饮水入户工程。

这是一项真正意义上的民生工程，它将由山上引来的泉水首先在沉淀池里进行杂质沉淀，经处理后，一部分随原管道入户供居民生活，另一部分再经过过滤、超滤等三项过滤后进入反渗透装置处理，形成直饮水。

直饮水工程于2010年完成。至此，柯坪县终于全面实施了水质净化入户工程，柯坪人的脸上也终于露出了笑容，这可是全疆唯一实现了双管线——纯净水、生活用水两套管线入户工程的贫困县啊！

直饮水工程的成功实施令柯坪人兴奋极了，这根本相当于政府出钱买了一个巨型净水器，什么时候想喝水了，打开水龙头就是清澈的纯净水，即使是不烧沸，也不会再腹泻了！

柯坪20年的改水之路，直饮水工程可谓是最鼓舞人心的一次，至此，柯坪县漫长的防病改水的历史亦翻开了崭新的一页。

然而，直饮水依然是苦咸水。依然只能勉强符合国家饮用水标准。

这意味着柯坪县20余年的改水之路并未宣告终结。

2014 年 4 月的一天，空气沉闷，浮尘漫天，时任县委书记柯旭一夜无眠。苏巴什水库建设工程前期工作基本完成，即将于翌年启动。每破解一个难题，柯坪的脱贫就前进一步，而柯坪每前进一步，都是异常地艰难。在推进苏巴什水库建设项目立项工作时，柯旭便决策改水工程也一并进行。当下，苏巴什水库建设工程所有前期困难已被破解，改水工程便显得迫在眉睫，必须立即乘势全力推进改水工程的前期工作。

简朴的县委会议室里，再一次烟雾缭绕。直饮水工程都上了，水质仍然不达标，这难道是上天给柯坪人的又一次考验吗？已然是"柯坪全境无好水"，那么这个水到底该怎么改？符合要求的优质水源又从哪里来？

这一次，深知"全境无好水"的柯坪县不再局限于当地的水源，而是走出了柯坪县界，将视野转向了周边县市。

柯坪县水利局首先把这一设想上报自治区发改委，拟实施柯坪县城乡饮水安全工程，并同时委托有关部门开展工程前期工作。通过对沙井子灌区、阿克苏市境内、阿瓦提县境内及温宿县境内多处地下水丰富区的水文地质详查，以及对水质、水量、供水保证率等进行反复比对，最终确定将 100 公里以外的温宿县恰格拉克乡英巴格买里村作为柯坪县 5.6 万群众的新水源地。

优质的水源地有了，然而，管网铺设及相关配套工程，耗资却需数亿元。这笔庞大的资金投入，再次成为横亘在国家级深度贫困县柯坪面前的无解难题。柯坪县城乡居民能不能喝到符合国家标准的水，亦再次考验着柯坪县委县政府的执政能力和执政水平。

2015 年，柯坪县再次对通古孜布隆饮用水水源地进行化验，硫酸盐、氯化物、总氮均超过标准限值，其中硫酸盐、氯化物超标率为 100%，总氮超标率为 25%。最终综合评价得出：2015 年柯坪县通古孜布隆饮用水水质劣于 111 三类水质，符合 1V 二类，水质轻度污染。

这一系列数据，促使柯坪县坚定了再次改水的决心。纵使暂时没有资金，改水亦势在必行！

转机发生在 2016 年。为彻底解决广大农村地区安全饮水问题，中央政府安排专项资金，重点向南疆贫困地区倾斜。

2016 年 11 月，在多次对《项目可行性研究报告》和《初步设计报告》进行修改完善后，自治区发改委对项目进行了批复，同意柯坪县实施新的改水项目。

2016 年 12 月，从温宿县恰格拉克乡英巴格买里村引水入柯坪的改水项目正式开工建设，项目计划总投资 6.09 亿元，总工期 24 个月。

对 6.09 亿元这个庞大的资金投入，专业知识匮乏的我并不懂得这是国家为柯坪县 5.6 万群众付出的一个多么巨大，甚至是不惜一切的代价。

直到带领我们前来柯坪的阿克苏地区作协主席杨志民为我计算了一番，我才为这个数字震惊不已："我们先将 6.09 亿元换算成万的单位，就是 60900 万元，再用它除以 5.6 万人，平均到每个人的头上，就是 1.09 万元，也就是说，为了柯坪这 5.6 万人口能喝上甜水，国家在每个柯坪人身上的投资超过 1 万元！"

6.09 亿元的总投资，每个人 1.09 万元的投资，只是为了能让老百姓喝上符合国家标准的甜水。

这是什么概念？

与我同行的所有人都为这组数据瞠目结舌。

在柯坪城乡供水厂监控室，看着充满现代气息的大屏幕上的长达 143 公里的引水管线的所有设施在有序地运行，供水流程图上繁复的管道，以及水厂管理人员专业的解说，我仿佛渐渐明白了什么。

取之于民，用之于民。这才是对 6.09 亿元最好的诠释。

就为了这一口健康的水，柯坪历届县委、政府奋斗了 20 年，国家投入了庞大的建设资金。

一股热流在我的血脉中漫延。我可爱的中国！我伟大的祖国！

2018 年底，改水工程全部完成。由 100 多公里的温宿而来的甜水静静地流入柯坪，在水厂经过处理后通向四面八方，最后流入柯坪千家万户。

甜水入户后，水利部门曾先后两次对水质进行了检测，结果全部达标，并且水量也达到了设计的目标。

这一次，柯坪人终于圆了千年的甜水梦。

六

2019 年 6 月 8 日。柯坪县湖州小学。午后时分，阳光正盛，透过明亮的窗扇照进学校陈列室，我们与两位援疆教师相对而坐。

姚海忠，浙江湖州人，2018 年 8 月第九批第三期援疆计划赴柯坪援疆教师。

徐斌，浙江湖州人，2018 年 8 月万人人才计划援疆教师。

两人都喜欢柯坪，尤其是夏季的柯坪，湿热的江南无空调不入眠，而柯坪早晚的温差，能够令他们一夜安眠。

当我问及徐斌对柯坪水的感受，这个爽朗的年轻教师立刻笑了，我看见一口整齐洁白的牙齿，完全不是柯坪本地人难以示人的氟斑黄牙。

2018 年 8 月，徐斌随同 22 名湖州支教老师踏上柯坪的土地。湖州地处江南，空气湿润，雨水繁多，饮用水甘甜爽口，和风沙弥漫、干燥缺水的新疆完全是两个概念。

初来南疆，徐斌对一切都充满了好奇，这个从未来过新疆的南方青年早就听说柯坪"盛产"苦咸水，于是极其迫切地想要尝一尝这苦咸水的味道。于是他烧了一壶自来水。水烧好后温凉，他先抿了一口。

这是什么味？有些苦，有些咸，还有一种说不出的涩，在舌尖弥漫。尽管有思想准备，喝江南温润的甜水长大的徐斌仍然皱起了眉头。

原来这就是苦咸水的滋味。

夜里，出了一身汗的徐斌准备洗漱睡觉。水哗哗地冲，头发总是黏黏的，身上总是滑滑的。徐斌以为洗发露和沐浴液没冲干净，于是继续冲。可是无论如何也冲不干净，头发依旧黏黏的，身上依旧滑滑的。

徐斌疑惑了，这是什么情况？总不能没完没了地冲吧？无奈之下，徐斌关上了花洒，开始洗换下的衬衫。先用洗衣粉揉搓，再用清水透。他把衬衫在清水里透洗了好几遍，感觉已经完全没有洗衣粉的残留了，这才晾晒在阳台上。

第二天中午，徐斌去收衬衫，惊讶地发现深色的衬衫上竟然泛起一道道白色的汗渍。他以为是没有洗干净残留的洗衣粉渍，于是取下来又洗了一遍。然而，第二天，衬衫干透后，依然是一道道如同地图般的白色汗渍。

徐斌明白了，这并不是汗渍，也并不是他没有把衬衫洗干净，是柯坪的水矿物质含量太高，盐碱太重。

后来，徐斌发现，柯坪的水不只是碱重，会让衣裳留碱渍，洗头发黏黏的，洗澡洗不干净，最最要命的，竟然还会导致脱发！每次洗头发，盆里都是无数根细细的发丝，简直令人恐怖。

在与柯坪县宣传部副部长宴晓波说到柯坪的水时，他说："以前，我们柯坪人根本不敢穿深色衣物，没法穿呀！衣物洗完晾干后，上面全部都是一道道白色的盐碱渍，就像夏天流汗过后形成的汗渍，很难看。后来大家就学聪明了，都穿浅色，前几年，去街上走一走，行人大多穿的白色调衣物，只有冬天实在没办法了，才穿深色衣物。"

宴晓波亦非柯坪本地人，他生于蜀地，从部队复转后来到柯坪县工作，娶妻生子，在偏远的边城一待就是数十年，早已扎根在柯坪。这个精明、干练的中年男人向我们介绍柯坪的扶贫现状时，对各乡镇情况相关数据信手拈来，熟知程度令人惊叹，如果不知内情，会以为他根本就是长年奋战在扶贫一线的基层干部。

柯坪县的前路依旧坎坷，然而，它必是一条散发着光芒的幸福大道，因为有了高焰、柯旭、宴晓波们和许许多多如姚海忠、徐斌甘愿为柯坪奉献韶华的援疆干部。

让我们的视线再次回到湖州小学。在援疆教师徐斌和姚海忠来到柯坪的两个月后，即2018年10月，柯坪县新改水工程全部完工，当月26日，甜水全部入户。这批湖州援疆教师们终于喝上了来自温宿县恰格拉克乡的甜水。

那天下午下班后，疲惫的徐斌回到宿舍，习惯性地先去卫生间洗手。拧开水龙头，水汩汩地流出，徐斌将手伸向清流，突然，他想起今天是通甜水的日子，他匆匆地洗完手，甚至没有拿杯子，迫不及待地就用手接了一捧生水送入唇边。

一股清凉入口，没有了往昔的苦、咸、涩，舌尖只是一抹淡淡的甘甜，而后徐徐扩散，迅速在嘴里漫延。徐斌不由得想起了家乡湖州的水，也是一样地清冽和甘甜。他忍不住将这口甜水吞了下去。而后，他点开微信，发了一条朋友圈：柯坪终于告别苦咸水了！

是的，祖祖辈辈喝苦咸水的柯坪人终于喝上了甜水！我们要向全世界宣告！

2019年6月，我在柯坪采风期间，我和我的队友一起走访了一些乡村农户，每到一家，队友们都仔细地询问脱贫事宜，认真地记录一些相关数据。而我关心的，依然是水。

我一直在想，脱贫，它不应该仅仅是物质上的脱贫，它还得是精神和健康的脱贫。苦咸水其实也是一种贫，它是一种不利健康的贫。

然而，在我走访的这些人家中，我已完全捕捉不到贫困的蛛丝马迹。虽然柯坪县至今仍然是国家级贫困县。

每一户人家的小院都宽敞整洁，葡萄架藤萝悬垂，鲜花灿然怒放，羊圈里的羊挨挨挤挤，鸽舍里的鸽子咕咕鸣叫，男人女人们衣着时尚，孩子们天真活泼，家家户户都有摩托车，有的家庭甚至已经拥有了从前做梦都不敢想的私家车。

这一切，都昭示着柯坪人的幸福感在不知不觉中已走上云端。

这些都是物质的富足，这些家庭其实都已完全脱贫。但在我眼中，这还不是真正意义上的脱贫，我想看见另外一种深度的脱贫。

那就是精神脱贫。

2019年6月，在柯坪的乡村，在午后的阳光下，在一张张洋溢着幸福的笑脸背后，我清晰地看见，那些柯坪人的脸上都端端正正地写着两个字：自信。

是的，在这些曾经世世代代以农牧为生的人们的脸上，我看不到了数年前曾经在偏远乡下遇见的那些穿着简朴甚至破旧的一脸菜色的农民，他们浑浊的目光中满是深深的卑微和乞怜。

如今，一种崭新的面貌呈现在他们的脸上。

当我与他们一次又一次提及苦咸水时，这些脸上洋溢着笑容的男人和女人几乎是众口一词："以前的水太难喝了，牙齿黄黄的，肚子里还长石头；现在的水太好喝了，一丁点儿苦咸味都没有，甜甜的，我们的巴郎子（孩子）肚子也不疼了！"

我不觉笑了。我知道他们的话语是发自肺腑的，他们由内而外散发的自信亦是真实的。说一万句动听的话，不如一件实实在在的行动。国家和政府这几十年在柯坪投入了巨大的人力、物力、财力，每一个柯坪人都看在眼里，记在心里。从居住条件的改善，到人均土地的大幅增加，从年复一年扶贫物资的无偿发放，到科技人员对耕种、养殖技术不遗余力的指导，从根源解决农用灌溉水而倾力修建的苏巴什水库，到今天流入千家万户的清澈的甜水……

柯坪人头上戴了多年的"穷帽子"已然掉落在地，即将被遗弃。

后来，我在启浪乡的布拉克村，遇见了1997年由山区搬迁而来的买买提·尼牙孜老人。

这是一位曾经饱经风霜的老人，从他沟壑纵横的面庞，银色的山羊胡子，青筋暴突的手背，我能感知到过去的岁月在他身上的磨砺。

然而，在他的脸上，我并没有看到以往苦难岁月遗留的哀愁和对命运的臣服。他的面庞是安详的，他的目光是笑意盈盈的，甚至对他年迈的妻子的语气都是温存的。

我再一次问及到水。我不抱希望地以为这一次必然和前一次一样，老人会说一些千篇一律感恩的话语，而后匆匆结束采访。

我漫不经心地问买买提·尼牙孜老人，家里现在的水怎样，好喝吗？

这位清瘦的老人立刻从炕沿上站了起来，面向我们，左手垂立，右手抚胸，弯下腰去，深深地向我们鞠躬。我和我的同伴慌乱地站了起来，不知所措。

老人鞠躬过后，挺直腰身，依旧左手垂立，右手抚胸，微垂头，用并不是很标准的普通话说："感谢共产党，感谢政府，让我们过上了好日子，喝上了甜水！"

寥寥数语。

那一刻，我分明看见老人的眼中波光荡漾，就像 2018 年 10 月 26 日，湖州小学的援疆教师徐斌掬在手里的那一捧甜水。

第二章

浙江潮涌援疆情

第一节　天山脚下铸忠魂（上部）

"群超，我们回家了！" 8 月 15 日凌晨 5 点，在地区宾馆 5 号楼的一间客房里，汪女士双眼红肿，面容憔悴，神情黯然。她几乎一夜未眠，紧紧抱着丈夫的骨灰盒，不停地喃喃自语。

这一天，柯坪县委原副书记、浙江省湖州市援疆指挥部原指挥长黄群超的骨灰，一半随家人回到故乡——浙江省湖州市德清县；另一半则撒在他的第二故乡——柯坪县。

在多岗位锻炼中成长

1968 年，黄群超出生于浙江省湖州市德清县筏头乡；1989 年，他以优异的成绩毕业于浙江林学院。抱有远大理想的他，主动要求到艰苦的农村，推广农技，服务 "三农"；12 年间，他一步一个脚印，先后担任过德清县林业局林政股股长、森林派出所副所长、林业局副局长、乡党委副书记、乡长、乡党委书记等职。2004 年 5 月，他转任德清县委组织部副部长；2005 年 5 月至 2012 年 8 月，先后在浙江省湖州市林业局担任局长助理、局党委委员、副局长、副书记等职。

在浙江省湖州市，熟悉黄群超的人都知道，他是那种"千斤重担压心头"也绝不皱眉的人。

他在担任湖州市林业局副书记、副局长期间，贯彻落实了"绿水青山就是金山银山"的生态文明发展理念，并使湖州市集体林权制度改革走在了全省的前列。在他的引导、鼓励下，湖州市发展起林业股份专业合作社，进一步规范林地流转，推动林权抵押贷款增量扩面。该市管辖的安吉县还被评为"全国首批农民林业专业合作社示范县"称号。

"无论是在哪个部门，他都是所在岗位的业务骨干。每到一个岗位，他都会自加压力，向前辈、同事虚心请教，并在短时间内成为业务方面的佼佼者。多岗位的锻炼成长，造就了他严谨细致的做事风格，注重工作细节和工作质量。"黄群超昔日的同事如此评价他。

他是一个"点子大王"

送走了黄群超的家人，地委副书记、浙江省援疆指挥部指挥长徐纪平回到办公室。记者的采访，因其几度落泪而数次中断。

"2013年8月，我和群超一起来到了阿克苏'压茬交接'。意思就是，老的班子还在，新的班子要提前半年来接班。这种'无缝对接'能够保持班子的稳定性和连续性。不过，在实际操作中，两套班子在做同一件事会带来不少'麻烦'。没想到，我去柯坪调研时，发现湖州援疆干部在'压茬'工作中，一是认真，二是有创新。我觉得群超这个同志有功底，而且敢于担当。"抹了抹双眼，徐纪平走到窗户边，一边向外眺望，一边低声说道，"群超'走'了，我们损失了一名党的好干部。"

柯坪，这个地处偏远的国家级贫困县，无论是工作、生活、人文地理等环境，和浙江省有着天壤之别。

徐纪平说："我们到了阿克苏后，安排了不少援建项目，2014年有个'阿克苏——柯坪高速公路连接线'项目。黄群超想发挥林业特长，在道路两边种植行道树。但是，经过调研得知，能种但不能活，因为太缺水了。没过多久，他又找到省援疆指挥部，兴奋地告诉我，他找到了一个新项目——养殖湖羊。"

"水土服不服？肉质会变吗？内地的羊来新疆，别开玩笑了！"徐纪平说，当时他感觉黄群超在"胡闹"。"没想到，他后来竟然成功了。"

柯坪县委宣传部副部长张海波说："县里有个'红沙河帮带工作室'，就是黄群超想出来的好点子——湖州援疆干部，包括医生、教师在内的专业技术人才，既顶岗教学又帮带人才。不仅为当地培养了大批优秀人才，还与学生、家长和群众结成了'一家亲'。"

今年4月18日，柯坪县玉尔其乡尤库日斯村建成了全县第一个村民服务活动中心。据悉，当天就有两对维吾尔族新人在那里举行了婚礼。如今，要在这里举办活动，都需提前预约。

柯坪创业、就业的渠道相对较窄，黄群超主持引进了20万株"南疆红"红枣项目，建成了200亩生产示范基地。同时，积极推动发展手工编织、加工等项目。两年来，共完成22批次、818人的创业培训，并帮助755人到外地企业就业，稳定就业率达到92%。针对当地教育、卫生资源稀缺的现状，黄群超组织开展"援疆人才基层行"活动，先后12次带队下乡送教送医，受惠群众达1200余名。

据不完全统计，2013年以来，湖州市援疆指挥部在黄群超的带领下，共实施援疆项目27个，总投资3.8亿元，涵盖就业、产业、教育、卫生、智力支持等多个领域。

援疆项目是全方位的：拔地而起的广电大厦、欢声笑语的老年活动中心、宽敞崭新的富民安居房……每一处，都倾注了他的心血。

对自己"狠"对同事体贴

在柯坪县，无论是干部还是百姓，大家的印象几乎相同：黄群超工作起来不要命，发起火来很吓人，生活上体贴又细心。

"这几天，指挥部很安静。他办公室的门一直关着，多么希望他从里面走出来。"8月22日，湖州市援疆指挥部副指挥长金宁如同往常一样去汇报工作。可是，敲门时他才意识到，黄群超"走了"。

说起黄群超的风格，下属们有些怕。作为湖州市援疆指挥部的一把手，他坚持每天最早到办公室。白天，研究方案、走访调研；晚上，常常加班到深夜；周末，从不休息，不是去湖羊养殖基地，就是去项目工地了解情况。

"领导都'这样'，你好意思偷懒吗？"湖州市援疆干部王晃说，2014年10月，为了联系对接项目，正在发烧的黄群超驱车20多小时到1000多公里外的乌鲁木齐。到了宾馆，他顾不上吃饭，接着开会、商议。

黄群超虽然对自己"狠"，但对同事特别"暖"。"有一次，省指挥部通知各县（市）副指挥长来阿克苏参会。到了会场后，我看见黄群超早来了，正在翻看会议文件。他说，副指挥长家属来探亲，相聚一次不容易。这说明他对援疆工作的重视和对下属的体恤。"徐纪平说。

在黄群超的带领下，湖州市援疆指挥部分别荣获湖州市、柯坪县"民族团结进步模范集体""浙江省援疆指挥部系统先进单位"等称号；援疆干部先后受到了各级、各类表彰近60人次，不少湖州市援疆干部还入选"全国道德模范好人榜"，获得"浙江省闪光言行之星""新疆最美援疆干部"等荣誉。

一份份沉甸甸的荣誉，让湖州市援疆干部们明白了黄群超严厉背后的良苦用心。黄群超的笔记本上，有这样一段话可以说明："个人的力量毕竟是渺小的，集体的智慧才是无穷的。"

第二节 天山脚下铸忠魂（下部）

"每次通电话，他就会滔滔不绝地讲述这里的一切。我知道，他爱这里，柯坪是他的第二个故乡。"8月14日上午，阳光透过玻璃窗，照进了黄群超的办公室。他的爱人汪女士环顾四周，泪水一滴滴落在了地上……

就在3天前，柯坪县委副书记、浙江省湖州市援疆指挥部指挥长黄群超因突发心脏病抢救无效，永远地离开了人世，离开了他深爱的亲人，离开了生他养他的湖州大地，离开了第二故乡柯坪县……

我们种下黄杏树陪伴你

在黄群超的办公桌上，一份打印好的文件还未批阅，一杯泡好的茶只喝了三分之一。

黄群超的宿舍，一切干净整洁。床头柜上，摆着他与妻儿的合影照片。

望着这一切，黄群超的姐姐黄群娟泣不成声，双手轻轻抚摸着室内的每一件物品。

一位陪同她的浙江省援疆指挥部女干部再也看不下去，捂着双眼跑了出去。她说："黄群超家人原本计划9月份来阿克苏探亲，没想到竟以这样的'方式'提前了。"

收拾完遗物，黄群超的家人在湖州市援疆指挥部的院子里种下了一棵黄杏树。在为树苗浇水时，黄群超的儿子缓缓说道："爸爸，您生前未尽的事业，援疆的叔叔阿姨们会替您继续完成，就让这棵黄杏树陪伴您吧！"

"群超，你看见了吗？今天有很多人来送你了……"汪女士与黄群娟紧紧拉着手，不断向前来送行的群众鞠躬致谢。

当日，雨后的柯坪县宁静而秀丽。该县的湖州市援疆指挥部大门外，挤满了干部群众——他们都说：再送送指挥长最后一程。

他有一个维吾尔族"儿子"

送行的人群中，一名维吾尔族少年泪流不止。他叫艾尼卡尔·艾克拜尔，今年13岁，是柯坪县一名中学生。

2014年，黄群超在柯坪县儿童福利院认了这个"儿子"。"父子俩"在一年多的相处中，建立了深厚的感情。

"'爸爸'努力学习维吾尔语，我也在努力学习汉语。"艾尼卡尔·艾克拜尔说，"爸爸"去世前，已能用简单的维吾尔语跟他对话了。

"这个孩子4岁时，妈妈去世了；7岁时，父亲又去世了；留下他和妹妹相依为命。黄群超认养这个孩子后，他才有了'家人'的关心。昨天，我们告诉他，'爸爸'走了。他哭了一晚上。"柯坪县儿童福利院工作人员搂着艾尼卡尔·艾克拜尔说。

艾尼卡尔·艾克拜尔戴着小花帽，穿着一身帅气的运动装。他告诉记者，这身衣服是今年"六一"儿童节"爸爸"买的。他有一个心愿，将来要去湖州看一看"爸爸"生活的地方。

眼看黄群超家人越走越远，艾尼卡尔·艾克拜尔突然冲出了人群，一边奔跑一边大喊："妈妈！妈妈！"他跑到汪女士面前，伸开双臂，抱住了这个未曾谋过面的"妈妈"。

"母子俩"紧紧相拥，时间仿佛静止了。

他突然"走了"，村民心里好痛

"前几天，亲戚送的土桃子、哈密瓜，我还打算让他尝尝呢。可是，他竟突然'走了'。"对柯坪县盖孜力克镇库木亚村村民吐尼沙汗·肉孜来说，黄群超不仅是"亲人"，而且是"恩人"。

库木亚村是黄群超的定点联系村，该村共有 93 户人家、480 位村民。提起他，个个都会竖起大拇指。

到村民家中走访，他入乡随俗，盘腿上炕。每次临走，他都把身上所有的钱塞到家境贫困的主人手中。

"黄群超说话温和，却有力量，对村里的'问题'，责任到人，从不留情面。"库木亚村干部坎拜尔尼沙·阿恰依丁说。

吐尼沙汗·肉孜是库木亚村的低保户，丈夫患有心脏病动过两次手术，没有劳动能力。她有 3 个孩子，大女儿结婚了，另外两个还在上学。此外，残疾的妹妹也和她一起住。养活这么一大家子，全靠家里种植棉花和玉米的 15 亩地。

"黄书记经常来我家，送钱送物，还让我不要担心孩子的学费。"吐尼沙汗·肉孜说，得知他去世的消息后，感觉心好痛，好像被什么东西堵住了。为了见"亲人"最后一面，她特地租了一辆车，带着全家老小来到湖州市援疆指挥部。

"我们村有 26 名党员，'七一'那天，黄书记给每人发了慰问品，还给我们讲了一堂党史课。"该村干部许库尔·买买提说。

"今年 2 月，针对村里养殖散户多、牛羊愁销路的问题，黄书记提出可以成立'农牧民育肥养殖合作社'。我们一起走访调研，拟订方案，现在方案正在实施。合作社建成后，农牧民的养殖、技术、销售和增收致富等问题，都能一并解决。"对于未来，许库尔·买买提充满了自信。

"湖羊种羊繁育基地"是湖州市援疆工作的品牌项目，一旦成功，柯坪县甩掉"贫困帽子"的步伐就会加快。

2014 年 9 月至 10 月间，湖州市援疆指挥部先后分两批把 1600 只湖羊历经三天四夜，跨越 6 个省份，跋涉 5000 公里运送到柯坪县，创造了"万里运输零死亡"和"安全度过应激期零死亡"的两项奇迹。

今年4月，由黄群超亲手主抓并引进的湖羊种羊，已产出2356头小羊羔。这种"企业＋基地＋农户"的产业化项目，给当地农牧民带来了看得见、摸得着的实惠。

"黄指挥长经常给我们讲，援疆不仅是一省、一市、一个部门的事，而是国家的大局，是民族的大义。"湖州市援疆指挥部产业组干部王冕说，黄指挥长把指挥部工作自觉置于柯坪县委直接领导下，主动融合，主动请示、报告。他不仅要求援疆干部要做湖州的"友好使者"、柯坪第二故乡的"建设者"，还要大家身体力行，自掏腰包结对资助当地贫困学生、病患家庭。其间，他还60余次带队送医送教、访贫问暖。

柯坪县委书记柯旭在接受记者采访时，数次落下眼泪："黄群超的去世，不仅让我们失去了一个为民谋福利的好干部，也让我们失去了一个生活中的好朋友。他和当地各族干部群众关系融洽，在援疆工作中做了大量实地调研考察，付出了很多心血。在当前维稳形势下，他结合湖州市和柯坪县的特色而建设的村民服务活动中心，在'去极端化'工作中发挥了非常好的作用。"

地委副书记、浙江省援疆指挥部指挥长徐纪平评价说，作为一名有着22年党龄的领导干部，黄群超表现出了一名优秀共产党员、优秀援疆干部的优秀品格和卓越才华。他讲政治、重使命，在党爱党、听党指挥的信念特别牢；他讲担当、求卓越，爱岗敬业、走在前列的意识特别强；他讲认同、重融合，加强交往交流、促进民族团结的情谊特别真；他讲原则、重团结，凝心聚力、团结鼓劲的心气特别高；他讲品行、重自律，待人真诚、与人为善的品格特别好。

第三节　倾情援疆书写湖柯情

沈孔鸿同志自2015年9月赴新疆阿克苏地区柯坪县投身对口援疆工作，亲历第八、九批援疆工作，迄今已5个年头。在远离故土亲人的一千多个日日夜夜里，沈孔鸿同志在湖州市委市政府、浙江省援疆指挥部和受援地党委政府的坚强领导下，牢固树立"四个意识"、坚定"四个自信"、执行"两个维护"，以卓有成效的工作生动践行"舍家报国、倾情援疆"的崇高使命。在沈孔鸿同志亲力参与和全面主持下，湖州市援疆指挥部先后荣获自治区援疆工作先进集体、阿克苏地区文明单位、精神文明建设示范单位、民族团结先进集体等荣誉，并被柯坪县委县政府授予集体三等功，这是自 2010 年湖州市对口支援新疆阿克苏地区柯坪县以来首次获得此殊荣。

一

2015 年 8 月，湖州市第八批援疆指挥长黄群超同志猝然倒在工作岗位上，9 月 8 日沈孔鸿同志在没有任何思想准备的情况下接到市委组织部征求进疆意见的电话。是去还是不去？一方面是组织和领导对自己的信任，作为一名党员在党的事业需要自己的时候响应号召，是一名党员的使命担当，关键的时候必须站得出！但是，人在中年，上有年迈的双亲，下有尚需扶持的孩子，自己到万里之遥的边陲小县城，千斤家庭重担都压在妻子一人柔弱的肩上，为人子、为人夫、为人父者情何以堪？沈孔鸿同志一夜无眠，但党员干部的强烈使命感、责任感促使他毅然作出决定，克服困难，响应号召，援疆！他分别做通父母和妻子的思想工作，与刚刚接到大学录取通知书的儿子相约在一个全新的环境里彼此鼓励、共同成长。从接到电话到背起行囊远赴柯坪，短短一周时间，沈孔鸿同志告别熟悉的工作与生活环境，告别亲人朋友，来到南疆戈壁开启自己从未想过的人生援疆历程。

二

作为第八批湖州援疆指挥部党委委员，沈孔鸿同志进疆后，除了克服家庭困难，还经受了从江南到南疆地理环境、人文环境、工作环境巨大差异的考验；除了忍受心理上的寂寞相思之苦，还经受柯坪高频率的地震、风沙肆虐、空气极度干燥、水质高度盐碱的生理挑战，但他把这一切都当作人生历练，自觉学习、主动工作、勤勉律己，与柯坪的干部群众团结在一起、奋战在一处，实实在在为柯坪的老百姓办好事、干实事。时光荏苒，当第八批援疆任务圆满结束即将返湖之际，沈孔鸿同志再次接到电话，市委组织部有意让他延长援疆继续留任。虽然也盼着早日与家人团聚，但这一刻作为党员干部的他，依然选择了服从安排。一年多的援疆生活，让他与这片戈壁荒漠和淳朴的维吾尔族农牧民结下深厚情缘。第九批援疆干部中，沈孔鸿同志是唯一经历第八、九批援疆工作留任的指挥长，为了那份跨越万里的援疆情，他愿意再留三年！

三

2017 年第九批援疆工作开展以来，沈孔鸿同志作为指挥部党委书记、指挥长，在对口援疆工作进入新阶段、面临新机遇新挑战之际，始终坚持问题导向和需求导向，带领全体援疆干部聚焦新疆社会稳定和长治久安总目标，聚焦湖州市委"一四六十"工作体系，聚焦受援地柯坪脱贫攻坚战，扎实推进湖州援疆"181"工程，先后组织实施援疆项目 36 个，落实援疆资金 1.78 亿元，善做善成，不断推动对口支援工作再上新台阶，赢得了受援地干部群众的普遍好评，援疆工作先后得到了省委常委、时任组织部长任振鹤，省委常委、常务副省长冯飞，新疆建设兵团党委常委、副司令员姚新民，湖州市委书记马晓晖和浙江省援疆指挥部党委书记、指挥长王通林等各级领导的批示与肯定。沈孔鸿同志个人也受到 4 次嘉奖并立三等功 1 次。

聚焦精准扶贫，全面助推脱贫攻坚。突出"一县一品"，先后投入 1880 万元，着力打造"湖羊富民"工程升级版；坚持改善民生，投入 1300 万元完成柯坪县亚尔巴格幼儿园和农贸市场迁建项目，投入 4018 万元完成 2609 户农村安居房建设，投入 5763 万元启动柯坪县普通高中建设；大力推进"十城百店""百村千厂"工程，年销售新疆特色农产品达 2000 万元，配套完成 2 个卫星工厂、4 个扶贫车间建设，可吸纳 1200 名贫困劳动力实现就业；在"211"行动中落实计划外援助资金（含物资）1200 余万元。

聚焦民族团结，深入开展交流交往。推进文化走亲，积极组织、参与"民族团结一家亲""学转促"和"结亲周"活动，全体援疆干部先后结对 70 户贫困户，累计开展走亲 640 多人次，送出慰问品计 16 万余元。组织"群超服务队基层行"活动，累计开展送教、送诊、送温暖等活动 40 场次，惠及群众 1200 余人次。

聚焦奋进担当，全力锻造援疆铁军。认真开展"三承诺一决心""援疆奋进年"等活动，激励干部争做"四有"援疆铁军。坚持严管厚爱，带头严格执行安全、资金、财务纪律，认真落实党风廉政建设责任制，营造健康、温馨大家庭氛围。2017 年以来指挥部先后有 50 多人次获省"万名好党员"，市直机关"优秀共产党员""最美湖州公务员""最美湖州人"等荣誉。

第四节　援疆筑梦在柯坪

一

飞机缓缓地降落在塞外边城阿克苏，来自浙江湖州的援疆教师李宇真和其他几位援疆老师，说笑着走下飞机。李宇真从没有想过这一生会到新疆来支援。人生就是这么多变，就像一场好事多磨的爱情，想得到的老是得不到，不想得到又偏偏落在自己头上。以前同事到新疆工作，不知道为什么，他的内心里好像总有一种恐惧感，所以，他迟迟没有报名。而看着同事援疆走了，心里又特别后悔。这次，他听说又有援疆名额，二话不说就报名了，他说：这是人生一次难得的经历，错过了，也许就要后悔一辈子。

新疆大地的神奇与广阔，是任何地方无法相比的，也使得他感到既兴奋又好奇，新疆对于他来说实在太陌生了，就像在遥远的天边。阿克苏更远，柯坪县在他的脑子里更没有一点概念。在他还没援疆之前，他听来援疆的同事说过阿克苏这个名字，好像并没有太深的印象，说过了就忘了。当他踏上阿克苏柯坪县这片土地，并没有一丝陌生感，反而有一种很亲切的感觉。他也觉得很奇怪，这个别说来，就是做梦都梦不到的地方，怎么会有一种似曾相识的感觉呢！他甚至怀疑自己上辈子就是柯坪人。

湖州是一座具有 2300 多年历史的江南古城，建制始于战国，有众多的自然景观和历史人文景观，如莫干山、南浔古镇等。湖州是国家历史文化名城、国家森林城市、国家园林城市、国家卫生城市，有双渎雪藕、太湖百合等土特产品，同时也是近代湖商的发源地。

李宇真就出生在这座历史悠久的江南古城，他也在这座古城生活了 40 余年，他喜欢江南水乡那种"水秀山清眉远长，归来闲倚小阁窗。春风不解江南雨，笑看雨巷寻客尝"。还有"闻听江南是酒乡，路上行人欲断肠。谁知江南无醉意，笑看春风十里香。"的情调，虽然他不胜酒力，可他喜欢小酌一杯，感受江南细细的雨丝，感受绕梁三日的昆曲。

李宇真常说，自己是个没有什么大理想的人，既不想做官也不想过灯红酒绿的生活，只想安安稳稳教好书，过着妻贤子孝的小日子。他自嘲地说自己是个手无缚鸡之力的教书匠，上阵扛不得枪，下地使不得锄。但是他的心里也有一个英雄的梦想，他喜欢金庸武侠小说，更喜欢韦小宝那样看似没什么能力，却能周旋在皇帝和天地会之间，简直就是聪明与智慧的化身。

向往西部的辽阔与苍茫也是李宇真内心的一个夙愿。到新疆支教也算是圆了他的一个梦想，虽然柯坪县比较偏远，但是他更能感受浩瀚的新疆的魅力。援疆支教他也不是没有顾虑，60 多岁的老母亲和上中学的儿子都是他的牵挂。妻子非常通情达理，把照顾老母亲和儿子的差事全揽下了，说："去吧，家里的事儿，就全交给我了。"

他深情地望着妻子，一股暖流从心底涌了上来，他情不自禁地张开双臂拥抱着妻子，嘴巴贴着妻子的耳边说："谢谢你，老婆，我这一走就是一年半，那就辛苦你了。"

妻子突然觉得有点害羞，挣脱他的怀抱说："哎哟，老夫老妻的还这么肉麻。"挣脱出他的怀抱，妻子习惯性地整理一下头发和衣服，微笑地说："你放心去吧，放飞你的梦想，在新疆好好干，妈妈儿子你就不用牵挂了，等你回来他们不会少一根头发。"

二

柯坪县第二中学（以下简称二中）始建于 1973 年。学校一直以来秉承环境育人的理念，关注学生的可持续发展，让每一个孩子都能在学习之外体验到生活的乐趣，真正实现个性化发展。初来柯坪县二中感觉一切都是那么新鲜，蓝蓝的天空，白白的云，还有火辣辣灿烂的阳光，就像柯坪人的热情，让人总有一种猝不及防的感觉。他们第九批支教老师刚走进校园，就被迎面扑来的热浪所感动，二中的老师同学们列着队迎接他们，就像春风一样温暖着他们。

阳光透过淡薄的云层，照耀着二中校园的操场，反射出银色的光芒，也照耀在支教教师们的笑脸上。看着活泼可爱的孩子们奔跑着、嬉戏着，李宇真突然想和孩子们合张影，发给远在湖州的妻子和儿子，让妻子和儿子也看一看他在遥远的柯坪的工作情况，看一看花样年华的孩子们就像灿烂无比的花朵，他们是祖国的未来，是建设柯坪的新一代的力量。他和支教老师以及孩子们站在教学楼的门口留下一张合影，老师们充满朝气和爱心，带着激情、知识和力量而来，点点滴滴汇入育人之河，化作一种力量和远航的风帆。孩子们脸上洋溢着青春的光彩，像一棵棵小树苗享受着阳光的照耀，徜徉在知识的海洋里，乘着时代的快速列车一往直前。

第九批援疆工作就这样拉开了序幕，所有的教学工作也按部就班地展开。李宇真在课堂上认认真真地教，孩子们也认认真真地学习。

浙江湖州市大力实施教育援疆工程，选派一批又一批优秀教师到阿克苏地区柯坪县支教，实现了从小学到高中的全链条帮扶。每一批教师的援疆时间为18个月，第九批援疆支教也将在一年半的时间里交出一份答卷。这是所有支教教师共同的心愿。他们来到了这里，就把心里很多事都放在一边，一心一意扑在教学上。李宇真说："没什么好说的，我们支教老师原本就是教书匠，教书育人是我们分内的事，不管在哪里我们都会倾囊相授，毫无保留。"

李宇真忽然想起一首古诗，随口就吟诵了出来："彼时当年少，莫负好时光。莫待经风雨，樱花落海洋。"吟诵完，他看着大家说："孩子们正是增长智慧和知识的时候，不要耽误了大好时光，我们做老师的就是要给孩子们树立正确的人生观和价值观。"孩子们都处在思想形成的时候，不能让他们走歪了，树立正确的人生理想和生活目标，有益于孩子们的成长，有益于孩子们日后的生活和工作。

三

李宇真自从走进柯坪县二中，一门心思琢磨怎么教好学生，这是他的工作，也是他的特长，他要把好的学习方法教给孩子们，也要把自己这些年的教学经验传授给柯坪县二中的老师。其实，他不觉得自己教学经验有多好有多先进，但是十几年的教龄是一笔财富。"这些多年来积累的教学经验，放在肚子里没什么用，不传授也变不成宝贝，只有得到应用才会产生价值。"是的，没什么好说的，更没有什么豪言壮语，常言说得好：既来之则安之。来了就要做一点有意义的事。在他的心里，时间就是一个大车轮，转过去了就不会回来。支教工作也是一样，18个月眨眼就过去了，他要把理想化作实践，他要让每一朵花朵绽放出美丽的笑脸。

他说："来了新疆，就要多作贡献，不然就对不起柯坪，对不起家乡父老的期望，更对不起二中的孩子们。"这是李宇真内心真实的写照，也是一批又一批援疆教师的共同心声。援疆老师这个称呼很神圣，让李宇真感到既是重担也是一份肩头上的责任，没有理由不干好教学工作，哪怕孩子们每天进步一点点，他都会感到很欣慰、很快乐。人说：十年树木，百年树人。这也说明培养一个人才有多么不容易。没有后备人才是很可怕的，不管一个国家还是一个地方，要想发展就必须要储备自己的人才，这个国家和地方才有活力。科学就是生产力，没有优秀的人才，又哪来的科学？尤其柯坪县这样一个国家级贫困县，更需要大量的人才，有了足够的人才，柯坪才会走向一条通向未来的金光大道，柯坪人民群众才会真正摆脱贫困。

至今他还记得，自己第一次推开教室的门和学生见面的情景，顿时响起的掌声、欢呼声，使他被这突如其来的热情所感动。为了提高学生的作文水平，他选择面批的方式给学生面对面地批改，不仅让很多学生有了进步，还拉近了师生的关系。他把所有学生当作自己的孩子，在课堂上上课的时候，他总是称呼"孩子们"，他觉得这样很亲切，也进一步拉近了与学生们的距离。

李宇真承担了两个初三毕业班物理教学工作，同时，担任学校教研室主任的职务。他将枯燥的知识融入到学生熟悉的情境中教学，便于学生的理解。课后，他继续辅导学生，在生活上帮助贫困生。他说："不看不知道，一看才知道，在当今社会还有那么多的贫困生，他们心里很自卑、很恐惧，连大声说话都很少，不是他们不想说，而是总感觉自己比别人矮了半头，怕引起别人的注意，怕别人一句话就把他们的嘴堵上了。"

是呀，他们没有可以向别人炫耀的，他们默默地承受着本不该在这个年龄所要承受的，可是他们就是要面对残酷的现实。李宇真经过一番思考，觉得必须让贫困的孩子们从自己的阴霾里走出来，面对灿烂无比的阳光，面对美好的未来。他和那些孩子们谈理想、谈梦想、谈未来，告诉他们面对人生的海洋没有一个人一帆风顺，每个人都经历过失败和坎坷，只有禁得起风吹浪打的人，才会得到自己想要的未来。他和孩子们一起唱起那首《真心英雄》：不经历风雨 / 怎么见彩虹 / 没有人能随随便便成功 / 把握生命里每一次感动 / 和心爱的朋友热情相拥 / 让真心的话和开心的泪……

看到孩子们脸上绽放的笑容，他也欣慰地笑了。每个人都有五彩缤纷的世界，然而贫困的孩子们却把自己的理想和梦想藏起来，不敢让人知道，不敢谈及。他们把自己隐藏在不被人注意的角落里，默默地学习，默默地盼着自己长大。在他的班上，贫困生的学习成绩普遍好于其他同学，这也是他感到最开心的，他们无法选择家庭也无法选择父母，他们只能好好学习，希望长大了，让知识改变他们的命运。

他问孩子们："同学们，你们知道我为什么喜欢这首歌儿吗？"

孩子们望着他，都摇着头。

他微笑地说："这首歌儿很励志，每次唱起来我心里就有一种无形的力量。'不经历风雨怎么见彩虹，没有人能随随便便成功。'这就是我最喜欢的两句，无论在逆境中还是遭受打击的时候，一唱这首歌儿我就会振作起来，没有克服不了的困难，没有过不去的火焰山。不管面前摆着什么困难，我们都要勇敢地面对，而且要有把困难砸烂、捶碎的决心。困难是我们头顶上的乌云，当我们推开遮挡阳光的乌云，阳光就会照耀着我们，就会温暖着我们。"

四

李宇真说，援疆支教工作是本着充分发挥骨干示范作用，提高教育教学水平而来，作为援疆教师应毫无保留地将自己的教育教学理念和水平贯彻到日常教学中，率先垂范、身正为师，提高教学质量，弘扬社会主义核心价值观。

理想需要化作实践，才能绽放美丽的花朵。授课是支教的重要组成部分，把发达地区先进的教育教学理念带到祖国西北边陲，使它们在柯坪生根发芽，才能更有效地带动当地教育事业的稳步发展。为帮助当地老师寻找增长点，援疆教师们积极开展各类专题讲座，提出打造高效课堂的一系列强有力的措施。一石激起千层浪，李宇真开展的《如何推进物理课堂有效教学》的专题讲座在理化生教师中产生强烈共鸣，极大地调动了老师们的教学热情，促进了初级中学理化生学科组活动的发展和提升。由于教学工作成绩突出，他荣获"优秀教师"称号。援疆不仅要输血，更需要造血。援疆期间，各位援疆教师每天精心准备每一节课，把内地的教学方法和教学理念贯穿到课堂中，主动开门，敞开课堂，让当地老师们进班听课，为每一个听课教师做出了示范。

在教学之余，李宇真更愿意融入柯坪的山水之中。他觉得，不管在哪里都应该对自己的所在地有一点了解，这是他平日的一个小习惯，也是他这次来柯坪的一种想法。来了不长时间，他就把柯坪县城都走遍了。虽然这座5.6万人的小县城，没有想象的那么贫穷，整洁的街道，矗立的楼房，都让他感受了这里的发展与进步，可是柯坪县和经济发达的湖州相比，还是一个湖州乡镇的体量，这是他感到很意外的，一座具有5.6万人的县，为什么发展滞后？这和柯坪所处的地理区位有很大的关系，偏远、生态资源脆弱、土地贫瘠、水力资源分配不均等，都是造成柯坪县经济落后的原因。但是作为一名教师，很多问题不是他思考的问题，他现在能做好的就是当好一名援疆老师，他要把自己的教学工作搞上去，发挥骨干示范作用，提高教育教学水平。李宇真在教学上更加卖力了。在教学中，他不仅活学活用教案内容，还融入趣味性和思考性，使孩子们在快乐中学习，在快乐中成长。

星期六和礼拜天休息时，他还会邀上几名孩子，一起去游苏巴什佛寺遗址和苏巴什水库大坝，他会给孩子们讲佛教的发展历史和新疆的发展史以及柯坪县从古至今的发展历程。孩子们觉得很奇怪，李宇真老师怎么什么都知道，而且他是物理老师，这些新疆的历史脉络好像一张活地图印在他的心里，随时随地就可以给孩子们讲上一段，让孩子们感到很稀奇、很有趣。

其实，他是提前做了很多准备的，在网上和各种书籍上查阅了大量资料。他也从不讳言自己的这些知识是临阵磨枪，是从书上和网上阅读来的。他说：每个人都要有好的学习习惯，课堂上学到的远远不够，要靠平时多读书读好书。网络也不是什么坏东西，就看如何应用网络。网上的东西很全面，不知道的很多东西上面都有，我们没必要翻阅很多书籍，还找不到所需要的东西。网络就不同了，键盘一敲，电脑就显示出来了，多省劲儿多快捷?！现在很多家长一听到网络，就非常紧张，生怕自己的孩子沾染上网瘾。

在他的言传身教中，孩子们就像小树苗，在阳光雨露下茁壮成长。他也告诉孩子们，现实很残酷，没有真本事不要说为国家效力，就是自己生存也会出现困难，没有人不想好，可是，在未来你就是做一个农民也要有真才实学，没有知识文化你连地都种不好。到了那时没有人怜悯你，没有人施舍你，一切都要靠自己。趁着青春年少多学知识，学好知识，点亮自己的人生，点亮我们美好的未来，长大了才能为国家多作贡献。

每天晚上，李宇真都要和妻子儿子视频聊一会儿天，问问儿子的学习情况，聊一聊思念之情，说说自己援疆支教的事儿。三两天抽时间给老母亲打个电话，因为新疆和湖州两地有时差，母亲又有早睡早起的习惯，所以他只能上课之余抽出一点时间给母亲打电话。

时间很快，眨眼已是半年有余，可他还在思考第十批援疆支教，自己是不是再来一轮。

第三章

柯坪乡村的脱贫之路

第一节 幸福村里的幸福生活

我们走进幸福村，下了车才知道外面刮那么大的风。其实，在齐兰烽火台我们就已经领略张牙舞爪的狂风的厉害，尘土飞扬，飞沙走石，吹得人睁不开眼睛，站也站不稳，直往后退。到了幸福村，风还是猛烈地吹着，街道两边的小树被吹得东摇西摆，感觉那弱小的身躯真的无法抵御这样的大风。幸福村的街上很干净，不知是风吹的还是打扫得干净。我们在街上站了一会儿，风似乎小了一点，才睁开眼睛打量这个 2017 年开工建设的村子。

幸福村整个村子就像"非"字形，中间一条街道，街道两侧是新建的安置房。站在村子的这一头，整个幸福村就尽收眼底了。房子的外观和涂抹的颜色都一样的，不细心看根本看不出其中的奥妙。经邵主任简单介绍，我们才知道阿恰勒镇幸福村位于阿恰勒镇东边距离镇政府约 8 公里，东邻其兰村、西邻盖孜力克村，是 2017 年异地扶贫搬迁新村。异地扶贫搬迁项目从 2017 年 5 月中旬开工建设，9 月 30 日完成全部建设任务，并投入使用。项目总投资 2639.9 万元，主要建设安置住房 96 套（其中 78.66 平方米的 63 套，74.77 平方米的 18 套，48.67 平方米的 15 套），总建筑面积 7046.49 平方米，人均面积 14.3 平方米，为每户配套建设羊圈、葡萄架、拱棚等基础设施，并为每户统一分配生产经营性耕地 25 亩，耕地均配套引水渠、排碱渠、滴灌等相关生产基础设施。搬迁区内道路、供水、排水、取暖、通信、村民服务中心、幼儿园、卫生室、广播电视、网络接入等服务设施均配套齐全。

我们这才注意到，虽然房子外观都一样，但建筑面积还是有区别的，人均居住面积 14.3 平方米，也是根据家庭人口分配居住的房屋大小。幸福村只有一条街道，街道两侧还有林带，虽然都是一些小树苗，但是那些树苗放射出的绿色，是让我们倍感欣慰的，它既是一种希望也是 96 户幸福村村民的未来。也许 10 年或 20 年以后，这里将是一片逐渐放大的绿洲，麦浪滚滚，稻花飘香，成为 96 户幸福村村民美丽的家园。他们从以前贫困老家来到这里，虽然两地相距并不算远，但心里对过去还有少许的留恋。可是崭新的房子崭新的家，还有满脑子崭新的希望，都让他们对未来充满了信心。新的生活从这里开始，从他们搬过来那天开始，职业培训指导就开始了。农业科技人员结合幸福村的实际特点，指导贫困户种好小拱棚蔬菜，利用教育、疏导、帮扶、农民夜校和"每日一学"等活动，组织贫困户学习相关农业知识，增强贫困户的致富能力。同时积极引入农业科技公司参与脱贫攻坚事业，按照"公司＋基地＋农户"的模式，将全村 2400 亩生产经营性耕地流转给艾力努尔面粉厂进行分红，实现贫困户每户 2018 年纯收入 1 万元。还有就是引导贫困户发展庭院经济、畜牧羊养殖，带动贫困群众增收。按照"合作社＋农户"的模式，引导贫困户将 56 户共 539 只羊以托养形式托管给合作社进行养殖，每只羊每年分红不低于 10%，持续增加贫困户收入。最后，结合幸福村的地理位置和环境条件，利用集中连片居住和有序划分的优势，积极引导和鼓励村民参与小拱棚种植，在农户庭院内菜地搭建 50 平方米的小拱棚 96 座，在小拱棚内种植西红柿、菠菜等蔬菜增加收入。

幸福村并不大，96 套安置房顺着街道两侧一字排开，最醒目的是，一眼望去，鲜艳的五星红旗在猎猎的风中迎风招展。作为中国人，无论在哪里看到五星红旗，总是让人有一种无比骄傲无比自豪的感觉。幸福村并不是来之前想象的那样庭院翠绿、葡萄架上爬满藤，从外表看上去倒有几分空旷，因为这里原来就是一片戈壁滩，异地扶贫搬迁也就是二三年的事，房子是新盖的，地是新开垦的，要干的事太多了。我们走进农民奥斯曼·佐尔顿家里时，只见一辆挖掘机开进院子，挖了一个两米多的深坑就走了，问过才知道，那是厕所的位置，坑挖好了，在里面镶上砖，盖上盖板，盖上房子这个厕所就 OK 了。

走进农民奥斯曼·佐尔顿和沙扎旦老夫妻的家，感觉室内很宽敞，也非常干净，因为大儿子结婚也没有分家，大儿子一家三口人和还没结婚的小儿子都住在一起，才分了这套 78.66 平方米的大房子。我们走进客厅只见靠墙摆放着一圈沙发，宽大的茶几摆放在中间，上面摆着干果和水果，中间还插了一大束鲜花，根本看不出这是一个很普通的乡下农民的家。

奥斯曼·佐尔顿老夫妻俩都 50 多岁，看上去身体都很健康，精神也很好。从我们进门那一刻，他们的脸上始终挂着微笑。奥斯曼·佐尔顿老伴儿沙扎旦一直忙着端茶倒水，不住地让我们吃水果。奥斯曼·佐尔顿显得轻松，坐在那里和我们聊着过去和现在生活的对比。他说："以前住在盖孜力克镇托万巴格勒格村，距离这里有 30 多公里，那时候，土地太少了，有力气也没地方使，又没有挣钱的路数，家里贫困得很，想多养羊又没有草，真不知道以前的日子是怎么过来的。"他好像想起了以前的苦日子，沉思了一会儿才说："现在好了，搬到幸福村来，房子是新的，有卫生厕所和干净的厨房，和城里人一样，什么都不缺，冬季取暖采用最先进的电地暖，政府补贴电费，告别了过去生火烧煤的烟熏火燎。昨天我们还生活在无望的贫困中，今天就进入了现代化，这是我们在过去想都不敢想的好生活，就这么快地实现了。党和政府为我们想得太周到了，还给配套建设羊圈、葡萄架、拱棚等基础设施，每口人都有 25 亩耕地，流转出去还不用干活，一年还给 1 万元流转费。"他们的两个儿子和儿媳妇出外打工了，家里就他和老伴儿。

奥斯曼·佐尔顿老两口也没闲着，在家以养羊为业，养了17只羊，8只母羊是扶贫羊，是政府白给的，希望8只母羊多产羊羔，尽快摆脱贫困的生活。他说："我们老两口年纪大了，在家里养羊也可以增加收入。我儿子儿媳妇他们年轻，都在阿克苏纺织工业城上班，收入虽然不多，但每个月都不闲着有钱挣，这就好，我们的幸福生活马上就来了。"奥斯曼·佐尔顿老人对我们说："我们村子就叫幸福村，你们说，我们幸福生活还会远吗？"

幸福村坚持把劳动力转移就业作为贫困户稳定增收的关键举措，以实现一人就业全家脱贫为目标，对全村劳动力进行摸排，建立劳动力登记台账，根据摸排所采集的群众就业意愿，一是组织引导富余劳动力外出务工就业人均月创收2000元以上；二是针对因家庭原因无法到镇外就业的人员，就地就近组织村民转移至卫星工厂就业，每人每月创收1500元以上；三是优惠政策鼓励自主创业，每人每月创收2000元以上；四是季节性务工，每人年创收2000元以上。通过劳动力转移就业，实现贫困户稳定增收。

一人就业全家脱贫。看似很简单的话，却是实实在在的真道理。很多家庭空有几个壮实的劳力，守着几亩薄田却不能脱贫致富，没事干也没有活钱，一家人只等秋后收获，说老实话，就那么一点点的地，就算丰收了，又能有多少收成！这是很多家庭贫困的原因。把多余的劳动力剥离出来实现就业，土地不会因为少了一个劳力而减产，家庭却因为就业而多了一份收入。一个家庭只要拧成一股绳齐心合力，就没有战胜不了的困难。不管以前的生活是什么样子，都已经过去了，新的生活正一步一步走过来。

结束采访时，奥斯曼·佐尔顿老人说："现在党和政府很重视我们贫困家庭，病了有医保，老了有养老保险，我们的孩子从上幼儿园到上小学、中学都是免费的，我们村组织很多力量认真核对贫困家庭适龄少年儿童入学情况，确保贫困少年儿童全部入校入园，还为我们村4名大中专学生申请1.2万元助学金和援疆助学金，确保每一名贫困家庭学生有学上、上得起学、不辍学。这样的好日子，还有什么愁的？只要我们肯吃苦肯出力，好日子就在前面等着我们呢！"

奥斯曼·佐尔顿老两口把我们送出大门口，脸上堆着可爱的微笑，他对我们挥了挥手说："等秋天丰收了你们再来，我们要举办一场篝火麦西莱甫，到时我们跳着麦西莱甫，唱起幸福的歌！"

从 2018 年开始，幸福村为进一步改善村民生产生活条件，以加大村基础设施建设力度为抓手，积极争取基础设施建设类项目，截至目前，硬化村组道路库木鲁克村—幸福村 4.1 公里、幸福村—其兰村 9 公里，新建防渗渠 7.68 公里和惠民超市等项目均已实施完毕，下一步计划新建文化活动广场、新建排碱渠、泵房区域砂石路建设、庭院小型斗渠建设等基础设施类项目。

帕尔哈提·阿布都米吉提和阿曼古丽是一对年轻的小夫妻，原是盖孜力克下卡力格村人，距离幸福村 26 公里。这对年轻夫妇显得非常乐观而又朝气蓬勃，说起话来干脆利索，他们对未来也给予非常大的期望。帕尔哈提·阿布都米吉提个子挺高，看上去很健壮，头发自来卷，外表打理得很英俊。我们走进他家的客厅，他们夫妻很热情地迎接我们，55 英寸液晶电视正播放着节目，看到我们进来才关小了声音，他笑着说："我刚从加油站下班，就去派出所做早饭，回来休息一会儿，还要到派出所给做中午饭。"

翻译看我们不明白帕尔哈提说话的意思，就对我们说："可能你们不了解他家的情况，帕尔哈提晚上在阿恰加气站上班，白天还要在派出所做厨师，妻子阿曼古丽有一辆流动小车，哪里有巴扎就到哪里做生意，帕尔哈提把妻子送到巴扎就回来忙自己的事。两个孩子一个上小学，一个上幼儿园，学校和幼儿园都管饭，送去就不用管了。"

我们听明白了，可是感觉帕尔哈提没有一点休息时间，这样 24 小时干，就是铁人也是受不了的。我说："24 小时干，这能受得了吗？"

加油站工作是夜晚，因晚间加油较少，所以休息时间较多。他说："白天给派出所做 3 顿饭，也不是很忙。"

他这样说，我们才觉得时间对他没有想象的那么紧张。帕尔哈提开玩笑地说："以前穷怕了，现在有这么好的机会不能浪费了，这样的好活儿想干的大有人在，我现在说不干了，马上就有人干了。"他低下头想了想说："以前没有技术又没有挣钱的门路。家里穷，说话都不敢声音高了，怕别人瞧不起，自己也觉得没底气，挺不起腰。搬到幸福村，挣钱的机会多了，地流转出去，有分红，政府还免费给了 10 只扶贫羊，羊在合作社托养，到了年底也能分红。这样的好事太难找了，我们要好好珍惜，要知道感恩，感谢党和政府让我搬出了穷窝子，在幸福村开始我们新的生活。"

妻子阿曼古丽一直忙着端茶倒水，可也装了一肚子的话，可帕尔哈提一直说个不停，她根本插不上嘴。帕尔哈提刚停下嘴，她就抢着说："现在感觉是比以前累一点，也感觉特别地忙，总好像有很多事要干，总感觉时间不够用，早上一起来就忙两个孩子吃饭上学，忙完了，就要赶着去巴扎，早点去占个好位子，一天就可以多卖一点钱。"

帕尔哈提对妻子阿曼古丽挥了挥手说："哎呀，你这个人就怕别人把你忘了，一张嘴就是你的流动小车，我不把你送到巴扎上去，你怎么去？"

阿曼古丽也不高兴了，瞪了一眼丈夫帕尔哈提："啊！怎么样？我的流动小车不比你挣得少，你一发工资把钱都存起来了，我们一家人平时的花销，不都是我的流动小车挣来的吗？你不要瞧不起我的流动小车。我要是在家闲着，你也得养着我。"

"你的流动小车厉害，没有你的流动小车，我饭都吃不上。"帕尔哈提知道自己说错话了，可又不想在众人面前丢面子，狡辩着说，"以后我们家的好日子，全靠你的流动小车了。"

小夫妻拌嘴惹得在场的人都笑了。女作家郑云这次采访一直很关注女人脱贫致富的话题，阿曼古丽翻了一眼帕尔哈提，和郑云在一边聊着她比较关心的话题。

通过脱贫攻坚各项措施和扶贫项目的全面落实，幸福村基础设施条件得到大幅改善，贫困农牧民的生产生活质量大幅提升。但面临的脱贫任务依然艰巨，贫困群众自身文化素质较低，接受新鲜事物特别是先进发展理念的意识不强，自我发展、脱贫致富的能力仍然较弱，扶智与扶志任务艰巨。

打赢脱贫攻坚战，是压力，也是动力，更是责任。幸福村将继续按照"六个精准"要求，强化"五个一批、三个加大力度"脱贫措施，继续加大组织贫困人口转移就业的力度，结合本村实际，与相关部门和企业沟通，进一步推进本村群众就近就地就业的积极性和主动性，巩固长期转移就业成果，增加季节性转移数量，确保每一户贫困家庭都能有稳定增收渠道。充分利用本村土地成规模有序合理分布的优势，与本地龙头农企积极合作，探索符合本村实际的特色现代农牧业发展之路，以现代农牧业为本村脱贫攻坚加油助力，力争建成现代特色农牧业发展基地。以基地为依托，大力发展特色农牧加工业，延伸产业链，增加产业附加值，进一步筑牢农牧民稳定增收根基。依托现有庭院优势，积极帮助贫困户发展庭院经济，拓宽增收渠道。努力将脱贫攻坚工作做实做细做深做出成效，确保到 2020 年幸福村各族群众同全国各族人民一道步入全面小康社会。

第二节 从希望中走来

启浪乡从 1996 年开始建设已经 23 年了，这是一项造福于贫困农牧民的千秋大业，让绿色在这片亘古的荒原上绽放，让贫困农牧民在这里扎下根，成为他们美丽的家园。

我常想，启浪乡现在怎么样了呢？那些从小山窝里搬出来的贫困农牧民的日子又过得怎样了呢？我带着很多希望走进这个只有 23 年历史的乡村，说老实话，我心里是有很大期待的，不管我怎么想，归根结底只要让他们过上好日子，柯坪县的党员干部付出再多的辛苦都是值得的。我相信，经过23年的建设与耕耘，启浪乡会让我大开眼界，启浪的农牧民会告诉我的。

一

走进启浪乡布拉克村，我的眼睛确实亮了起来，满眼的绿色农田和规划整齐的乡村，我是无法想象23年前，这里是怎样的景象。据县委宣传部晏晓波副部长说：启浪乡以前是个寸草不生的地方，一片荒滩，自然灾害频发，无人在这里居住。

为什么选择在这里建启浪乡？其实，话说透了也就一目了然了，主要考虑在这里选址，从胜利水库取水方便，另外，南与第一师阿拉尔市二团、三团接壤，又有国道314线经过。在南疆，像启浪乡这样的戈壁荒滩太多了，但是能同时具备这三条的地方估计太少了。水是占第一位的，没有水就是有再多的土地也是瞎子点灯。其次，南与第一师阿拉尔市二团、三团接壤，这也是不可或缺的，二团、三团在种植水稻、棉花和果树栽培上已经有相当成熟的经验，刚搬迁来的农牧民，对农作物种植和果树栽培都不是很懂，由二团、三团培训农牧民种植和栽培技术是不成问题的。那么314国道线经过启浪乡，看似没有什么关系，其实也暗含商机。农作物和果品出来了总要卖的，守着314国道线，来往的车辆顺道就把这些东西拉走了。不管有多好的产品，卖出去换来真金白银那才是真格的。

当我们走访67岁老人托乎提·肉孜家的安居富民房里，我们不敢想象这是一个农民的家，新沙发、新茶几和窗台上的鲜花，家里每一件东西都标志着这个家庭的生活情调，也让我们感受到这一家人过着幸福甜蜜的好日子。我们大加赞许的时候，托乎提·肉孜老人却笑眯眯地说："我们启浪乡现在生活都是这个样子，我们也是和别人学的，觉得这样过日子好。"说着老人开怀大笑起来，然后老人又说："生活好了，也有这份好心情了，花花草草这些东西以前谁不在乎，音干山那个小山窝你们去过了吧，那就是我生活过30多年的地方。那地方穷啊，地少、缺水，人均耕地不足0.5亩，甚至有些家庭连0.1亩地都没有，种出来的粮食连肚子都吃不饱，哪还有这份心情搞什么花花草草。"

说起音干来，距离启浪乡布拉克村没有多远，向西北方向行至13公里就到了音干。在柯坪县，像音干这样的地方还有不少，在茫茫的红褐色的群山之中，突然出现一抹绿色，那就是音干自然村，因为一眼硫磺泉水而形成一片小小的绿洲。虽然柯坪县极其缺水，但是在那些荒山秃岭之中，会很神奇地冒出一眼泉水。在柯坪县还有一句话，那就是有水就有绿洲，有绿洲就会有人居住。音干村的先民们不知哪年哪月来到这里，盖起低矮的房子就在这里居住下来。慢慢地，那里就形成一个只有22户人家的小小的自然村。音干就是布拉克村的一个居民点，四周环山，山体颜色为黑、红、白、绿、黄、褐、铜7种，远远望去，音干像是处在七彩光环之中的一个仙境。当我们走进音干，一片寂静，除了头顶上偶尔的鸟叫声，还有轻轻的山风吹拂着我们。我一直觉得这里很神奇，在这层层荒凉的大山之中，怎么会出现这样一块生机盎然的小绿洲，它就像谁从空中丢下一粒种子，而那里的泉水又给了种子充足的水分，它便发芽生根，以至于长成一片小小的绿洲。房子空了，音干自然村也空了，只有静静的树站在那里迎接我们，只有默默无言的山注视着我们，音干22户、110名村民搬走了，他们搬到水、电、路齐全，生活条件优越的启浪乡。

1997年3月，在政府的号召下，柯坪县盖孜力克、玉尔其、阿恰勒等乡镇的农牧民搬迁到启浪乡。这几个乡前后经历了三次大规模的移民搬迁。第一次是在1997年、第二次在2005年、第三次在2017年。大规模移民涉及阿恰勒、盖孜力克等乡镇。移民后，启浪乡成为柯坪县最大的经济作物区，搬迁群众享受分配土地、自来水通到村组等一系列优惠政策，2018年人均纯收入 13764.81 元。1996 年以前，音干有 22 户、110 名村民，他们居住在简陋的土坯房里，过着半农半牧的生活，虽然他们很勤劳，也只是广种薄收，依然难以糊口。托乎提·肉孜老人的家就在音干，他出生在那里，长在那里，从来没有想过这辈子他会离开音干，会离开生他养他的小山窝子。当那一天到来的时候，托乎提·肉孜老人犹豫了，他甚至是很反感，谁要是和他说起搬迁的事，他就想骂人，他把牙咬得咯吱咯吱地响，挥着铁榔头一样的拳头，对着乡里来劝说的干部说："我为什么要离开自己的家乡？你们没有自己的家乡吗？走走走，往哪个地方走？我是不会离开这里的！"

那时他很年轻，说话干事情都是一根筋。他就觉得自己的家乡好，他对别人说："狗不嫌家贫，儿不嫌母丑。不管这个小山窝有多么贫穷，它都是生我们养我们的家乡，我们离开就是对家乡的背叛！"在他的影响下，音干很多人都向他看齐，有人甚至明说了：只要托乎提·肉孜搬，我们就搬，不然你们也别来白费口舌了。一时之间，让乡里劝说的干部们很为难，要想顺顺当当把 22 户村民搬出贫困的小山村，还真不是一件容易的事。劝说的乡干部们很恼火，真不知道这些人是怎么想的，宁愿在这里吃苦受罪，也不愿意搬到生活条件好的启浪去，有的干部赌气地说："他们活该受穷，不愿意搬就算了，他们穷和我们有什么关系，我们努力过了，嘴皮都快磨破了，可是他们就是无动于衷，就像我们要占他们多大便宜似的。"

不知不觉，托乎提·肉孜老人成了移民搬迁最大的阻力，他当然不知道自己给乡领导干部带来多大的麻烦，还美滋滋地觉得自己是抱打不平的英雄好汉。托乎提·肉孜老人说："那时候嘛，我太年轻了，就是不想离开祖祖辈辈生活的地方，我觉得我的根就在那里，离开了那里就是背叛。我不否认那时我们的日子过得紧巴了一点，可祖祖辈辈都是这样过来的，我为什么就要离开这里，到一个我不知道不了解的地方去生活。"托乎提·肉孜老人望着窗外满眼绿色的庄稼地说："刚开始的时候，启浪乡也不是现在的样子，除了政府建成给农牧民定居的几百套房子外，四面都是荒滩，没水、没电、没路，自然环境很恶劣，路上的浮土能没到膝盖，没人走过的盐碱地因为干旱，裂开的口子有一米多长，方圆几里看不到一棵草，感觉那时候的启浪乡还不如音干那个小山窝，当然不想搬，就找一切借口想留下来。"

说着，托乎提·肉孜老人笑了，他轻轻地拍着自己的大腿说："这个世界上没有后悔药，每个人也都会做错事情，没办法，我们不是神仙，哪里知道几十年几百年以后的发展。"

听着托乎提·肉孜老人的话我们都笑了，觉得这个老人很机智很有幽默感，把自己曾经的过错，三言两语就推脱没了。晏晓波副部长说：为让住在深山里的农牧民摆脱恶劣的自然环境、走出贫困，1996 年，柯坪县启动了启浪乡移民搬迁开发项目。这个曾经是全县自然条件最差、人均收入最低的乡，经过20 多年不断发展已成为柯坪县乡村环境最美、人均收入最高的乡镇。

"过去嘛，我们的生活十分困难，地嘛就那么一点点，粮食不够吃，羊嘛也不敢多养，养多了没有草吃，唉！那时候我们不知道哪里可以挣来钱。"托乎提·肉孜老人深吸了一口气说，"第一年移民搬迁的时候，政府号召搬迁到启浪乡的农牧民种棉花，水、电、种子全部免费，户口也不用迁移过来。乡里面的干部又来了，他们来了嘛就说：'喂，托乎提，你这个傻瓜，你看看，音干还有几个人了？人家都搬走了，你们一家人住在这里，连个说话的人都没有，你想变成隐居在这里的音干大侠吗？'我想了想，我们一家人住在这里还有什么意思，反正音干和布拉克村也不远，就 13 公里的路，想回来就回来住几天，住够了再回去。"

他家刚搬来那年就赶上一场大旱，全村人畜饮水和农业生产灌溉就靠一条细毛渠供应。再加上土地盐碱化，农牧民在耕地的时候，政府派专业技术员指导，可大部分农民总是学不会，只能按照原来的土办法种植棉花。为引导农牧民科学种田，乡里专门在村里划分了试验田，给农牧民示范种棉花。2018 年年底，籽棉亩产 374.96 公斤，农牧民知道了科学种田的重要性，主动上门向技术员请教耕种知识。

20 多年了，国家给启浪乡农牧民免农业税，修防渗渠，通水、通路、通电、平整土地，购买优质良种和化肥，鼓励他们种密植红枣，从外地引进种羊免费让农民发展养殖业，每亩地县里给农民补贴 40 公斤尿素和 200 公斤油渣，免费提供农业保险。

托乎提·肉孜说："现在我们的生活好了，布拉克村全部农民家中已经完成了农村人居环境整治工作，庭院变得整洁美丽，家家都有时尚家具。在这之前，这样的生活环境，是大家想也不敢想的事情。"托乎提·肉孜老人长长地叹口气说："人呐，就是故土难离，音干已经没有什么，可是我梦到的都是那个小山窝窝。我想，这几天再回音干看看，我这辈子算是走不出那个小山窝窝了。"

二

历时两年多的时间，启浪乡的建设已经初具规模。1997 年 3 月，一部分房子盖好了，土地也平整了一部分，地区干部和柯坪县政府就号召盖孜力克、阿恰勒、玉尔其等乡镇的农牧民搬迁到启浪乡。原本想这是顺理成章的事，有房子有耕地，那些住在小山沟沟的贫困农牧民，就会一窝蜂地搬进启浪乡，住新房子，种新开垦的地，党和政府就是想让贫困农牧民过上好日子，才花这么多的钱，费了那么大劲儿，在茫茫的大戈壁上建起一个乡，水、电、路，房子、牲畜圈舍一应俱全，该想到的全都想到了，只要搬过来就可以过日子。然而，却大出所有人的意料，很多人不愿搬出住了几代人的穷山沟。

启浪乡移民搬迁不仅中央立项拨款，也是经过阿克苏地区和柯坪县多方论证和勘测的结果。选在现在的地址上新建一个乡，是经过地区领导和专家无数次讨论和思考的。新建一个乡不是建一个家那么简单，农村户籍 1539 户、

6076 人的大事情，没有一套整体规划是不行的。最先出现在启浪乡亘古荒原的人是地区和柯坪县的领导，他们在没膝深的虚土上艰难地前行，在肆无忌惮的大风中规划设计，一座座崭新的房子在荒原上拔地而起，沟壑纵横的大戈壁，在轰隆隆的机械咆哮中变成万亩良田。

盖孜力克、阿恰勒、玉尔其乡镇很多农牧民居住在小山沟里，地少，水也很有限，这也是柯坪县贫困最主要的原因，大多数农牧民属于贫困户。历届柯坪县委政府都想尽办法发展经济，挖农牧民的穷根，然而因为自然条件所限，成效都不大。1996 年，移民搬迁议题被摆上柯坪县委政府的案头，也得到国家资金方面的支持。轰轰烈烈的启浪乡建设工程开始了，于 1996 年 8 月动工开发建设，至 1998 年 1 月基本完工。全乡有 9 个行政村，40 个村民小组，总人口 1539 户、6076 人。总规划面积 6.5 万亩，种地面积 4.8 万亩，林果业面积 5400 亩，宜农耕地面积 4.26 万亩，其中退耕还林面积 3435 亩，集体土地面积 6884 亩。

启浪乡人经历的三次大规模的移民搬迁中，当属第一次移民搬迁最难，很多人不愿搬出祖辈住过的地方。当时，启浪乡刚建起来，生产生活条件也很差，房子周围是高低不平的土坪，进出房子晴天一身土、雨天一身泥。由于启浪乡地理环境过于恶劣，到 1997 年底，留在启浪乡的农牧民家庭不足几百户。布拉克村农民卡哈尔·托乎提说："我是第一批移民搬迁到启浪乡的人，当时这里一棵树都没有，整个启浪乡只有一条坑坑洼洼的泥巴路，出门就像下地干活儿一样。马车、毛驴车是当时农民主要的交通工具，农民种的粮食都运不出去。没有想到 20 多年后，启浪乡就变成柯坪县最富裕的乡，看看我们现在的生活，和城里人一样，城里人有的我们都有，冰箱、大屏幕液晶电视、洗衣机、电动车，我们的生活一天比一天好，我现在就想让自己身体健康，多活几年，享受这来之不易的生活。看看我们布拉克村变得有多美，村里的公路都铺上了沥青，出门再也不愁晴天一身土、雨天一身泥了。我们不能忘记党和政府的恩情，是党和政府让我们过上了好日子，不然我们现在还在小山沟里撅着屁股干一年，还是吃不饱肚子。"卡哈尔·托乎提说着，站起来在屋里走了一圈说："政府号召搬迁的时候，我也犹豫过，那时候，启浪乡还不像一个乡，除了房子什么都没有，真不知道会变成什么样子。那时候我就想：党和政府不会让我们从穷窝子里爬出来，再跳进泥坑里。每家有 25 亩地，还有新盖的房子，有房子我们害怕什么？要力气，我们有的是，我就不信富不了，我就不信过不上好日子。23 年太快了，转眼之间就过来了。现在看看我们的生活，我很满意，我感谢党和政府，让我们从小山沟沟走出来，让我们穷了几辈子的人过上了好日子。"

我们坐在卡哈尔·托乎提整洁的家里，像听故事一样听着老人讲述启浪乡的发展和演变。是的，卡哈尔·托乎提不仅是第一个搬迁到启浪乡的农民，他还是见证启浪乡成长发展的人，从漫天的尘土到干净的街道，从一无所有到现代化的生活，这些事例就摆在他的眼前，我们能感受到他对现在生活的满足，更能体会到他对生命的渴望和展望。卡哈尔·托乎提激动的心情似乎平静了下来，他坐下来说："我们以前吃的是苦咸水，现在村里通了自来水；我们以前出门尘土飞扬，现在铺上了柏油路；我们不懂农业种植技术，政府部门派来农业技术人员带领农牧民科学种田，棉花亩产从最初的 200—250 公斤增长到 400 公斤左右。现在我们启浪乡的棉花种植面积达 4.2 万亩，人均年收入 3065 元。这几年，在党的惠民政策支持下，村民住进了漂亮的安居富民房，村里有了幼儿园、卫生所等，配套设施齐全，孩子到幼儿园全免费，我觉得现在的孩子太幸福了，他们就像花朵一样享受着新时代的生活。我们农民也活得很放心很舒心，有病了有医保，听说比城市里居民还优越。这么好的生活条件，我们还有什么不满意的？如果这样生活还有人不满意，我想：他是忘本了，应该让他们到我们以前生活的小山沟沟看看，翻一翻启浪乡 23 年的历史，就知道党和政府花了多少钱，费了多少心，我们才有了今天的好日子。"卡哈尔·托乎提稍微停顿了一下,一本正色地继续说:"我不是说在嘴上,我是从心里感谢党和政府,把我们从小山窝窝里搬出来过上好日子。"

卡哈尔·托乎提的话毋庸置疑是真实的,只要有对比就一定知道。一个祖祖辈辈生活在小山沟的人,经受过多少苦难的历程,也只有他们自己知道。

对老百姓的疾苦,历届柯坪县党委、政府的干部看在眼里、急在心上,想尽一切办法想让他们脱贫致富,然而条件所限,巨大的努力总是得不到应有的效果。长久以来,柯坪县的农牧民挣扎在贫困线上,苦苦地思索着,殷切地盼望着,一天天地等待着美好生活的来临。办法想过了,汗水流过了,可对黄山环绕的柯坪县来说,依然无法改变贫穷的面貌,以至于沦为国家级贫困县。没有声嘶力竭的痛就没有一鸣惊人的壮举,2004年,党和政府实施防病改水工程,政府出钱打井,引来了阿克苏的水,启浪乡家家户户再也不用为吃水发愁了。当年,党和政府为每户农民家装上了直饮水,拧开水龙头就能喝到水;2016年,柯坪县争取中央投资,解决饮水问题,目前已投入使用,解决了全县吃苦咸水的问题。

采访中,村民说得最多的话是:感谢党的好政策!如今,在启浪乡,农牧民仍然保持着艰苦奋斗的精神,不断拓宽生产范围,提高经济效益,让幸福生活再上一个新台阶。

三

让每一个异地搬迁的农牧民有事干、有钱赚,听起来只是一句说得很顺口的话,可是要做起来却是千头万绪,每个家庭状况不同,经济条件也不同,就不能用一种办法解决全部问题。近年来,在党中央和自治区党委、地委的关怀和帮助下,搬到启浪乡的农民不仅实现了农业增收,还进行了产业结构调整,日子过得红红火火。

布拉克村农民阿依尼沙汗·艾山说:"我们家有24亩地,去年收入1.6万元，是以前年收入的 32 倍。党和政府的政策太好了，我们家有小汽车、拖拉机，种地都骑着摩托车，还住上了宽敞明亮的房子，这是我们以前不敢想的，现在我们不仅想了，还实现了这样的生活，我们永远也不会忘记党和政府的恩情，是党和政府让我们过上幸福美满的生活。"

启浪乡从建设那一天起，就有明确产生创收的指导思想，棉花是启浪乡支柱产业，农牧和果林是启浪乡经济增长点。在壮大棉花支柱产业的同时，启浪乡还确定了宜农则农、宜牧则牧、宜果则果的发展思路，实施了转移就业、发展产业、综合社会保障兜底等精准举措。布拉克村农民艾则孜·尼亚孜过去一直是养羊户，因为规模小，养殖成本高，效益并不明显。在启浪乡，这种情况并不少见，大家都以传统方式饲养着自家的羊，一家养二三十只羊，不腾出一个劳力放牧管理是不行的。所以不管家里的农活儿再忙，这个放羊的人都抽不出来，因此一直达不到效果。启浪乡领导干部也看到这一点，在各村以"公司＋合作社＋农户"的模式成立了牛羊养殖合作社，艾则孜·尼亚孜加入布拉克村喜羊羊牛羊养殖合作社后，每年不用自己搭人工还拿分红，3 年时间里，羊群规模扩大了好几倍。艾则孜·尼亚孜说："我在合作社托管 20 只羊，每年可以给我增加 2000 元的分红，我觉得这是好事情，我们的羊放到合作社，不用我们自己管了，还能拿到分红，以前这样的事情我想都不敢想，现在就发生在我们的身旁。我家里的羊从 20 只增加到 50 只，又从 50 只增加到 100 只，我还把家里的牛也送去托管了，现在我有 150 多只羊、10 头牛了，每年增收 2.5 万元。过两年，我也想买辆小汽车，开着车带着老婆孩子去旅游，中国那么大，那么多好的地方，我们也想去看看。"他还说："人嘛，活着不光是为了吃饭、干活，有钱了也得学会花钱，只会挣钱不会花钱的人是傻瓜。"

有人故意挑逗地问艾则孜·尼亚孜："艾则孜·尼亚孜，你首先想到哪里玩呀？"

"北京！"艾则孜·尼亚孜不假思索地说，"北京是我们伟大的首都，我要去看看，在天安门前照张相，再到天安门城楼上挥挥手，像毛主席那样，告诉所有的人，我是新疆阿克苏柯坪县的农民，我们现在富裕了，也可以开着车到北京玩。"

艾则孜·尼亚孜说这话的时候，脸上洋溢着灿烂的笑容，大家也并不认为他说的是空话。在不久的将来，启浪乡的农民都可以做到不仅在国内旅游，也要走出国门，腰包鼓了，我们也要看世界。启浪乡除了发展种植、养殖业，还积极开展技能培训，鼓励有劳动能力的村民掌握一技之长，通过就业、创业拓宽增收渠道。

柯坪县委副书记李明飞介绍，2019 年，柯坪县实现了贫困户全部脱贫，贫困村全部退出，贫困户人均纯收入达到 9772 元，2019 年农牧民人均纯收入预计可达 11185 元。下一步，他们将持续做好后续扶持工作，确保易地搬迁户能就业、有产业、有收入，实现搬得出、稳得住、有事做、能致富。

对于如何巩固好脱贫成果，柯坪县委书记柯旭表示，2019 年柯坪摘掉贫困帽子，但脱贫攻坚并未结束，还要将巩固脱贫攻坚成果与乡村振兴有机衔接。乡村振兴关键在产业。柯坪县将进一步发挥特色优势，加速农业产业化发展：即实施"一乡一品"、壮大发展"5 大产业"，实现"15 项具体目标"。即壮大发展畜牧养殖业，实现养羊规模 70 万只，骆驼存栏 1 万峰，年牲畜屠宰量达 30 万只；壮大发展种植业，棉花种植面积控制在 11 万亩，饲料作物面积扩大到 10 万亩，恰玛古种植面积增加至 3 万亩；壮大发展林果业，重点将黄杏种植规模稳步扩大至 3 万亩；壮大发展设施农业，重点是蔬菜种植面积扩大到 1 万亩，黑木耳稳定在 80 万棒，双孢菇实现年产 3000 吨；壮大发展农副产品加工业，重点建成年产馕 2000 万个馕产业基地，年生产能力 500 吨的优质骆驼奶加工厂，深加工能力达 5 万吨的恰玛古厂。柯坪县 GDP 将翻一番，农村人均收入将大幅提升，与全国同步进入小康。

第三节 "阿达西"的小红人

> 如果不是对口帮扶，西北石油人一定无法想象，除了勘探和开采
> 矿物质的同时，也让井喷有了关乎人心的新意。
>
> ——题记

2014 年精准扶贫的开启，让地处南疆的阿克苏地区柯坪县盖孜力克镇玉斯屯喀什艾日克村、帕松村等几个深度贫困村的田间地头、养殖厂房、村民家里，都能看见身着红色石油工装的石油人的身影。

有事就找"小红人"——这群能办事、办好事的人成了村民们最信赖的"阿达西（朋友）"。

鲜艳的红色制服像一面面旗帜，又似燃烧的火焰，指引着曾经渴望富裕的人民的生活方向，点燃了村民们脱贫的信心和动力。

"小红人"是真正的"阿达西""尧勒达西"（同志），他们说。

几年来，村民每户年平均收入增长 1000 元以上。不起眼的数字，却有着改换身心的力量。因为在农民收入增长的背后是观念的转变，是西部土地上深度贫困开始脱贫的起点，是工作队的同志们立足实际解决问题，并以学识和才智，扶贫扶志又扶智的不懈努力。

一

"昨晚就停水了，家里 100 多只羊没水喝，天这么热，20 多只小羊快不行了。" 5 月，骄阳似火，养殖户乎西塔尔·木沙拉着工作队队长的手说。

"停水区域有 400 余人居住，村里搞养殖的都聚集在这里，这里是经济核心。"自来水公司的工作人员说。故障要用挖掘机处理，但第二天中午才能调

集过来，当天只能做管道井清理的工作。

"我们先干！"队长吴朝会说。

泥土混着沙石被压实后较为坚硬，连续挖掘，使队员们在春耕翻地时手掌心上被磨破的水泡又撕裂了。看到工作队的同志们拼命地干活，村民们纷纷拿工具帮忙。

挖掘到一米半深时大家才看到铺路的碎石盖住的井盖，提起后却发现井壁塌陷，砖头混合着淤泥，根本找不到管线和阀门。队员刘猛攀着井壁跳进井内，在齐膝深的淤泥中半跪着身子，用手一点一点地将杂物刨进铁篓，再递送出来。

"左热古丽，快出来，'电管家'来了！"邻居帕塔木汗大娘叫道。

"村里的安全用电不是小问题，我会利用驻村的分分秒秒帮助乡亲们解决安全用电问题。"队员王海彬说。针对村里家庭用电连接不规范、乡亲们安全用电知识匮乏等问题，驻村工作队在入户走访中发现问题、记录问题，最后交由"电管家"统一解决。

木合塔力是该村四小队党员，几个女儿都在上学。他常年奔波在外，无法顾及家庭。在乌鲁木齐上学的二女儿迪丽胡玛尔，假期要打工补贴生活费用。西北石油局的干部与木合塔力"结对认亲"后，便去走亲戚，了解到他的困难，而后前往新疆天山职业技术学院，给他的二女儿送去了助学金和水果，鼓励孩子将精力投入到学习中，用知识改变命运。

木合塔力从女儿的电话中了解到这些后，含泪说："我这么多年坚持原则，知道大家不会忘记我们这些贫困地区的村民。现在你们帮助我们改善生活，更坚定了我的信念。"

"穿上暖和多了，你就是我的巴郎子！"在柯坪县的寒风中，村民阿依尼沙汗·买买提穿上石油小伙送来的羊毛衫，抱着他流着泪说道。阿依尼沙汗·买买提老人生活困难，一年前做了声带手术，老伴前段时间也住院了，孩子也不在家。当时，恰逢连日降雨，气温低，扶贫煤所剩无几。因为缺少御寒的衣服，老人的风湿性关节炎发作了。

驻村队员凑钱买煤给老人送去，又将捐赠的衣服给老人和他老伴穿上，扣好扣子。

玉斯屯库木艾日克村二组村民赛买提·达吾提身患严重糖尿病，劳动能力弱，家中饲养着一头骆驼，骆奶和驼绒是他家中主要经济收入。

7月份，骆驼下崽，没钱买精饲料喂养，骆驼奶水不足。

工作组成员王晓新了解到情况后，倡议全体成员集资购买了200斤饲料送到赛买提·达吾提家中。

几年前，阿依努尔家发生变故，一家四口只剩下阿依努尔和4岁的小儿子，家里没有劳动力，没有经济来源，日子过得很是艰难。

一场春雪之后，像往常一样，队员们来到阿依努尔家探望，忽然发现以往铺在地上的毡子边缘被卷了起来。原来阿依努尔的房子年久失修，再加上是土房顶，已禁不起雨雪的"折磨"，开始漏水了。

"阿依努尔，我们来给你修房顶了。"周末，队员们又来到阿依努尔家里，二三车土，4袋子稻草，两个有经验的瓦匠工，众人一起搭梯子，上房顶。

"这两天听天气预报都是晴天，等到再下雨，看看房子还漏不漏，如果漏，我们再来修。"翟队长顾不得洗手，拿起厚外套，就和队员们赶往另外一家。

天空骤降大雪，老汉塔依尔执意要用电动三轮车将队员们送回去，"你们扶贫柯坪县已经20多年了，是我们的恩人，这么大的雪，我送你们回去！"他固执地说着，发动了车子。

小姑娘赛菲娅穿着拖鞋，拿着伞也跑来了，清澈的眸子里，是浓浓暖意。这暖融化着冰雪，传递着情谊。

二

"扶贫就是要解决村民们的真困难,扶贫就要扶到农牧民的心坎上!"

走访 1300 余户次,收集汇总信息 8 万多条,接访群众 170 余人次。实实在在的数据,让工作队号了困难和问题的脉。

"便民帮扶 + 电子商务"双向帮扶工作站建立帮扶档案 271 份,为贫困家庭提供农业帮扶 191 次,发放生活物资、修缮房屋 351 次,解决孤寡老人生活困难和留守儿童转校 53 件。电子商务工作站提供网络订单服务 207 次,联系上岗就业 27 人。开展"衣暖人心"活动,捐助发放衣物 8000 余件,"1+3+N"模式在喀拉库提村建立"爱心衣站"站点,流动巴扎实现了对各村孤寡老人、残疾人等困难群众开展"暖心送衣入户"的贴心覆盖。

三

在基础设施建设上,西北油田先后筹资修建便民服务活动中心 2 个、配套办公用房及驻村干部周转房 1430 平方米,完善了村委会院墙和值班室、锅炉房以及库房,解决了村民文化体育活动开展难、干部办公房源紧张等问题。

与此同时,他们加大农田滴灌、水利维修等工程建设力度,维修供水管线 100 米、水闸 3 个,解决了 10 户村民用水、30 户农田的灌溉难题。投入 60 万元在五一路和巴格力路安装路灯 60 盏,照亮了村民致富之路。投资 25 万元配齐村民活动中心配套设施及文化墙建设,丰富了农牧民文化生活。在下巴格力村和上库木力村建设村级文化广场,配齐村民活动中心配套设施及文化墙建设,丰富了农牧民的文化生活。街道亮了,道路宽了,歌声响了,村民们乐了!

每周日玉尔其乡的大巴扎总是热闹非凡,这个集物资交易、文化演出等功能于一体的巴扎占地 3.1 万平方米,由西北油田投入 100 万元建成,为村民提供了近 200 个销售摊位,近 50 户村民长期在此进行禽类蔬菜销售,每户年均增收近万元。

四

扶贫先扶志。在扶贫工作中，工作队把扶贫与扶志有机地结合起来，既要送温暖，更要送志气、送信心。

石油勘探领域的专家玉斯屯巴格勒格村第一书记、工作队长翟科军，在村里成了跨界扶贫的"主心骨"。

玉斯屯巴格勒格村的产业结构以畜牧养殖和棉花种植为主，2017年，村集体收入仅4.02万元。村民文化水平低，不学习就业技能，"等靠要"思想比较严重。

村民艾海提·托乎提一家6口人有手艺，却守着穷日子。翟科军决定牵艾海提这个"牛鼻子"。

艾海提"倚老卖老"，不答话。翟科军就默默地帮他干活，扫院子、收玉米、劈柴禾……两个星期过去，翟科军的一言一行让艾海提动摇了，他说："翟书记，你不要再帮我干活了，我都没脸出门了，小娃娃们也笑话我呢，你说咋干我就咋干，我听你的！"

翟科军知道艾海提有扎扫把的手艺，便为其购置了所需工具。扫把制成后，还帮助艾海提联系销售渠道，向城建局、学校等周边单位争取订单。每逢周边乡镇巴扎日，翟科军还会督促艾海提去赶集赚钱。

"以前我真是太傻了，党和政府给了那么多好政策，我却还是安于过穷日子，多亏翟书记帮忙！"如今，艾海提每月增收2000元左右，两个儿子也在工作队的帮助下找到工作。看到村里的"牛鼻子"都转变思想、自食其力了，其他贫困户脱贫致富的干劲也足了。

村民艾斯卡尔·提拉木说："感谢工作队让我有勇气走出去工作，现在我做建筑小工每天可以挣到120元，两天就可以挣到一个人一个月的低保费用，自从思想转变后我已经通过自己的劳动赚到了接近 8000 元，很有成就感。"

50 余岁的赛买提身患严重的糖尿病，不能从事重体力劳动，家中 3 个"巴郎子"都在上学，属于经济困难户。

考虑到赛买提家中院落较小，适合养殖小型家禽，工作组经过市场调研发现肉鸽在柯坪县具有一定的市场，于是决定帮助他饲养肉鸽。确定养鸽子后，工作组又马不停蹄地找人做鸽笼，请养鸽专家培训。一个星期后，赛买提家中迎来了工作组精心挑选的 50 对鸽苗，他激动地用不太标准的汉语直说感谢话。

现在，50 对肉鸽已繁殖至 130 余只，按照这样的速度和一只 20 元的市场价来估算，赛买提一年赚七八千元不再是梦想，当地家庭年人均收入超过 2800 元，就可以算是脱贫了。

库木也尔村驻村工作队还拓宽致富门路，推进精准扶贫，发展"六个一"庭院经济建设，发放鸡苗、扶贫羊、鸡舍和羊圈补贴等，贫困户人均年收入增加 3000 元。

五

木旦力普和妻子两人均因病无法从事体力劳动，全家 3 口仅靠低保和 0.8 亩地的微薄收入维持生计。为了增加收入，他将自己一间 5 平方米左右的小土坯房当作商店，销售一些简单的零食，每月能有 100 多块钱的收入。

工作组了解情况后，产生了将木旦力普家土坯房小商店改扩建为砖房的小超市的想法，在得到木旦力普的同意后，工作组开始筹集资金。在西北油田大后方的大力支持下，他们共筹集到了 2 万元的爱心捐款。

为了节约建设成本，工作组的同志们自己动手帮助木旦力普拆旧房屋；商店建设完成后，工作组还共同出资帮助他购买了货架，并积极联系更优质的进货渠道。

如今，"小康超市"每月可以实现 700 多元的经营利润，这对于木旦力普家来说，可是一笔大收入。

"工作组，他们都是好人，热情，对我们好。"在柯坪一中读高二的女儿穆娅赛尔真诚地告诉笔者。今年她又考了班级第一，提起未来的打算，她说："我要考医科大学，帮助更多的人，照顾好生病的爸爸妈妈。"

"这是我第一次从家门口拿到快递，比以前跑 9 公里外的县城取货方便了很多。"玉斯屯巴格勒格村的苏提亚姆·色买提从迪力夏提·阿力甫手里接过一包从广州快递来的牛仔裤，高兴地说。

20 岁的迪力夏提是村子里走出去的大学生，今年即将毕业之际，他想回农村进行创业。去年底，当工作队得知他的想法后，便帮他在"中石化阳光小微商圈"开了一个电子商务服务站点，迪力夏提也成为村里第一个自主创业的大学生。

在迪力夏提的店里，摆着网购用的电脑和操作流程图，货架上摆满了要收发的快递。店里的几名顾客围在柜台前，迪力夏提一边帮顾客在淘宝上下单网购，一边帮村民查收着快递。仅仅一上午的时间，他的店里就收发了上百件快递。

"在工作队的帮助下，我在村里开了第一家电子商务服务店，这样就可以更好地为乡亲们服务了。"迪力夏提的普通话很流利，说话时还有点害羞。由于客人太多，他不停地跑进跑出，满脸微笑地为大家服务着。

据了解，这个电子商务服务点是由国家推行的"工业品下乡、农产品上线"示范项目之一，2019 年，在柯坪县已经设立了 25 个服务点，下一步将扩展到 37 个，基本实现全覆盖。

为了方便村民，小店又增加了缴费服务，还有许多日用品在售卖。店里精美制作的几块广告牌显示，他还准备代理柯坪羊、柯坪黄杏、柯坪恰玛古和薄皮馕等特色产品，把这个小店打造成农村宝贝走出大山的快捷平台。

六

"阿达西，您把羊抓好，我来看一下它的牙齿……" 3 月 26 日下午，西北油田驻村工作队队员李瑞和王振华来到贫困户艾皮帕提·色提家收购羊只。工作队员一一询问了检疫、打针等健康情况后，又对羊做了详细的"体检"，确认符合收购要求后，艾皮帕提家的 10 只羊被成功收购，老人乐得合不拢嘴。

李瑞介绍，工作队每半月就要到贫困户家里收一次羊，每次收 200 只左右，通过集中宰杀，用冷藏车输送到油田 11 个餐厅供应点，在最短的时间内把柯坪羊肉送到油田职工的餐桌上，从而畅通了柯坪羊销售的"最后一公里"。

由于柯坪的土壤和水中含碱量大，柯坪羊喜欢吃碱性草，喝碱性水，形成肉质细嫩、没有膻味的特色，并由此而远近闻名。但由于交通闭塞，运输距离长，当地的需求消费有限，农牧民散养户的销路遇到瓶颈。

西北油田驻村工作队成立了"小红人"柯坪羊销售合作社，对盖孜力克镇玉斯屯巴格勒格村、托万巴格勒格村，玉尔其乡玉斯屯库木艾日克村和柯坪镇喀拉库提村的羊进行集中或分散养殖指导、集中收购宰杀、集中冷冻运输。工作队以每公斤高于市场价 5 元左右的价格收购贫困农户家里的羊，并在宰杀运输等环节为村里提供就业岗位 5 个，仅 2018 年收购 216 户贫困养殖户 2800 余只羊，促进贫困户增收 112 万元，户均增收 5201 元，成为帮助贫困户"精准脱贫"的有效举措。

"从 2017 年至 2019 年，已经有 8000 多只柯坪羊送到西北油田职工的餐桌上，为当地贫困户增收了 600 余万元。"李瑞表示。下一步，工作队将通过电子商务等方式，把更多的柯坪羊销售到更远的地方。

柯坪县盖孜力克村土地虽多，适合种植的只有耐碱的恰玛古。这里的村民把柯坪羊、恰玛古和薄皮馕喻为柯坪"三件宝"。

恰玛古，学名叫蔓菁，是一种根茎类植物，微甜，可凉拌、炒菜，特别是跟羊肉炖到一起，不但提升羊肉的鲜美，而且更能发挥恰玛古清肺利嗓、养颜美容的功效。

盖孜力克村是种植恰玛古的大户。西北油田选派的第一书记王海彬于2018年到任后，充分利用地域优势，带领当地村民广泛种植恰玛古，当年种植面积扩大到2500亩，年底收获了近3000吨恰玛古。

为了把恰玛古的价值充分挖掘出来，王海彬带领村民对恰玛古进行分拣，按品质分类，加工包装，把最好的恰玛古装盒，通过物流对外销售，每公斤卖到了7元钱。品相稍差一点的，装塑料袋里，每公斤卖5元。其他的逐步投入市场，每公斤卖3元左右，使恰玛古的价值得到了极大的提升。

王海彬每天在朋友圈发布恰玛古信息，宣传恰玛古的营养价值，还先后邀请新华社、中新社和电视台记者走进柯坪，广泛宣传恰玛古。他把包装好的恰玛古送到乌鲁木齐五星级的西北石油酒店进行展示，在高速路口竖立广告牌，吸引了乌鲁木齐、喀什、和田的商贩前来采购。不到两个月，外销恰玛古数十吨，使恰玛古成为抢手货。王海彬还组织大家把销售剩余的恰玛古洗净切片晾干，装在包装罐里销售。后来，又把晾干的恰玛古利用磨面机磨成粉后装罐，形成了一条龙的恰玛古产品链条。

玉斯屯库木艾日克村大学生艾克拜尔的婚礼上，他们用薄皮馕卷羊肉的方式招待前来贺喜的客人。

目前，柯坪人招待最尊贵客人的方式，就是清炖柯坪羊和恰玛古，并用薄皮馕卷着羊肉作为美味。

薄皮馕，又名"纸皮馕""恰皮塔"，是新疆50多个馕品种里擀面最精薄、烤制时间最短、吃法最特别的一种馕，是柯坪独有的特产，它是用七成发面兑三成面粉，揉匀后摊成薄饼，在馕坑里烤制而成的。

薄皮馕具有很好的嚼劲和口感，用它卷上肥瘦相间的羊排肉，洋葱、胡萝卜，一口下去，满嘴酥香，吃了还想吃，简直欲罢不能。

为了可以让更多的人品尝到美味，驻村第一书记王海彬帮60岁的玉素甫·热合曼设计了薄皮馕商标和包装盒，购置了一台真空包装机，经过真空包装后，可以有15天的保质期，足以运送到全国任何一个城市。

因地制宜发展起来的特色产业，如黑木耳，由于使用当地的碱性水喷淋浇灌，收获的木耳晒干后，带一个银色的边，被称为"银边黑木耳"。

木耳是一种菌类作物，需要制作菌棒，在阴凉潮湿的环境里才能生长。柯坪镇驻卡拉库提村村工作队队长丁雪林在村里考察以后，发现了村子东面公路边一片白杨树林带，占地12亩，一排排杨树的中间空地，刚好符合这个要求。于是，他带领工作队员和贫困户，把林带清理出来，形成了9亩空地作为菌床。菌床上铺设了花砖，上面摆放菌棒，距菌棒2米的高度接通了喷淋管线，并拉了一层防晒网。

2018年8月份的时候，丁雪林从阿克苏菌棒加工厂引进了5.76万菌棒，80个贫困户每户分到了720棒。每棒一季约产木耳1公斤，市场上每公斤可卖12元，一年收两季，每户可收入1.5万元左右。

"去年试种黑木耳成功以后，目前阿克苏地区都在推广中。今年我们还将继续扩大规模，总量要达到20万棒，可以带动更多的贫困户致富。"丁雪林信心满满。

考虑到当地消费需求有限，丁雪林计划对黑木耳进行晾晒包装加工，然后通过网络和电子商务的方式扩大销路。

"柯坪的黑木耳肉厚，有嚼劲，特别适合跟柯坪的羊肉炒着吃，让你吃了一顿想两顿。"工作队员李玉英说。

柯坪虽然贫困，但处处都有宝。经过"小红人"的挖掘，一个个宝贝被打响了品牌。

工作组成员还发动村民搭建保温拱棚，种植卷心菜、西红柿等蔬菜项目，通过合作社明码标价，集中资源，统一销售，打消了贫困户的后顾之忧，家庭收入稳步提升。

仅玉斯屯巴格勒格村就搭建了小拱棚 143 座，移栽菜苗 12.66 万株，完成庭院蔬菜播种 22 亩，大田种植卷心菜 39 亩，户均收入 2972 元；种植豇豆 39 亩，户均收入预计达到 2000 元。

顺着就地发展特色产业的思路，为解决农村红枣、黄杏、苹果等经济作物销售难的问题，驻村工作队成立村电子商务工作站，通过运用"互联网＋"为群众打通了农产品的销售和采购渠道。电子商务工作站累计提供网络订单服务 183 人次，惠及村民 74 户，销售额达到 5 万余元。

工作队员们经调研发现当地不少妇女都有缝纫的手艺，但无用武之地，于是借助自治区发展纺织业的红利，和当地政府引进武汉天鸣集团，成立兴科服饰有限公司，并与中石化总部沟通，争取到整个西北地区的油田企业工装订单。两年来，解决了柯坪县 96 个贫困户的就业问题，实现人均年收入 2 万元以上。

家庭主妇艾尼帕木·米吉提来就是受益者之一。艾尼帕木刚进厂时，只是车间工，两年来，凭借认真的工作态度和娴熟的缝纫技术，成为车间主任，管理着 60 多个员工，实现了从农民到产业工人的华丽蜕变。"那时候一年才挣 5000 多元，现在一年有近 4 万元的收入咧，这是做梦都想不到的！"

七

驻村工作队队员吾买尔江回忆道："幼儿园建起来后一下子改变了大家的思想和意识，开学那天，村民们争先恐后地把孩子送来上学。"村民吐尔洪马木提说："孩子们在新幼儿园里学得好、吃得好、玩得好，谢谢石油人给我们盖这样的好学校，我一定把孩子们培养成对国家有用的人。"

幼儿园园长李海霞是从甘肃老家来到柯坪县支教的，说起幼儿园的事情，脸上掩饰不住喜悦，她说："没有石油人来，孩子们就可能会错过最重要的教育时期，孩子们赶上了好时候！"

中石化阳光幼儿园占地 1200 平方米，由西北油田投入 330 万元建设而成，入园的孩子食宿全免。中石化着眼于"扶贫先扶智"，2016 年以来，先后在盖孜力克镇巴格勒格村和玉尔其乡阿热阿依马克村两个驻村点投入 641 万元建设了中石化星星幼儿园和阳光幼儿园，解决了 600 多名适龄儿童的学前教育问题，同时投入近 10 万元为两所幼儿园配备校服和教学用品，大大改善了农村幼儿教学环境，扎实推进了教育惠民，真正把扶贫工作落在了事关未来的"课桌上"。

"扶贫要扶到根子上，不光扶大人，要从娃娃抓起。"工作队队长、党支部第一书记翟科军说。工作队和村"两委"在这方面做了大量工作，前后支持建立中石化阳光幼儿园和星星幼儿园，不断完善配套设施，提供优质的教学资源，给孩子们创造了一个良好的学习环境。目前已有 610 名小朋友入园学习。如今，这些幼儿园已成为当地名副其实的一张教育名片。

"要动员所有员工来帮助柯坪县亲戚们的孩子，让他们读书受教育，成为建设边疆地区的有用之才。"党委书记刘宝增说。孩子是一个家庭的未来，也是祖国的未来，而教育是成才的"根基"，筑牢教育根基，推动教育惠民，在中石化人看来，是帮助村民摆脱贫困的长效之举。

"教"在学校，"育"在平常。"公益课堂"成为中石化扶贫助学的又一个亮点。驻村工作队坚持每周两次为孩子们教授普通话、辅导作业、讲解科普知识。截至目前已开课 200 余次，开展普通话、爱国、科学教育及课业辅导 3500 人次。"每次站在讲台上，看到孩子们渴望知识的眼睛，都觉得不能辜负他们的期望。"经常给孩子们上课的局工会驻村干部张维说。

四年级的小姑娘古丽皮娅木·孜亚吾东说："这里不仅学知识，还学做人的道理，我很喜欢，以后每周都会来。"

"启航课堂"解决了村民祖丽玛亚们的难题。针对村里学龄儿童作业辅导难、双语学习难、业余文化生活贫乏、对新生事物接触少的问题，"小红人"们在张海霖的带领下，与村"两委"共同开办了"启航课堂"，意为"让梦想从这里启航"。每一期工作队都精心准备，普及科学知识、拓宽孩子们的视野，让民族团结的种子在孩子们心中扎根。目前，"启航课堂"已举办55期，"启航课堂"图书角募集各类书籍3000余册，得到了群众一致"点赞"。

在辅导村里孩子们作业的同时，他们增加了中华文化体验课，让孩子们畅游在中华文化长河中，通过古诗词吟唱、爱国教育、学习民俗、书法、剪纸等技艺，不仅培养了孩子们良好的学习生活习惯，更加增强了孩子们对伟大祖国的认同和热爱。

八

"哥哥，是你为我献血了吗？"一名将要手术的名叫巴哈迪尔·色买提的小男孩特意跑到爱心献血屋，想来看看给他献血的哥哥。

"是呀，我们'小红人'得知你们的情况后，都想来给你们献血，我是看见得早，所以抓住了这个机会，这可都是要抢的呀。"陈迪健躺在沙发上说，"今后，你的血管里也流着我的血呢。"

为确保贫困户真脱贫，防止因病致贫等情况出现，西北油田组织开展了"医疗下乡"活动，邀请乌鲁木齐中国人民解放军第四七四医院心血管、呼吸科、眼科等10名专家，为600余名农牧民进行义诊，开办卫生健康知识讲座，免费发放药品约6万余元。工作队先后对1200余名儿童开展先天性心脏病筛查，筛查出的包括阿里木在内的15名患儿全部得到免费救治。

目前，"医疗下乡"等健康扶贫活动已成为西北油田"访惠聚"工作和健康扶贫工作的一项长效机制，西北石油人不断用爱心接力，帮助更多的柯坪人享受健康幸福的美好生活。

据不完全统计，西北油田目前累计投入扶贫帮困援建资金超11.7亿元。

其中资源援疆 2 项涉及资金 10.7 亿元，基础建设援疆 8 项投入资金 9412 万元，智力扶贫项目 3 项投入资金 620 万元，产业扶贫项目 6 项投入资金 287 万元，健康扶贫 5000 余人次。2018 年全面完成 217 户、1000 人的阶段脱贫目标，并且确保 2020 年底完成 12 个村、1922 户的 8688 人的全面脱贫任务。

结束语

2019 年底，柯坪这个国家级贫困县完成了最后的脱贫发力阶段。在西北石油局驻村"小红人"的助力下，盖孜力克镇玉斯屯巴格勒格村、托万巴格勒格村，玉尔其乡玉斯屯库木艾日克村、帕松村等发生了翻天覆地的变化，人均收入、蔬菜种植、经济结构调整、订单农业、电子商务等，实实在在地将祖祖辈辈困守土地的农民解放出来。多层次多元化的扶贫模式和技术资金支持，从身到心改变着一群人，改变了这片土地。其实，远不止这些。更多的各行各业的工作组像"小红人"一样，他们扎根乡村，燃烧着激情，为改变这片曾经贫困的土地奉献着汗水和智慧，他们都是柯坪人最好的"阿达西"。

第四节　一个馕的力量

关于馕，这种地域食品，在新疆的城市和乡村随处可见，街边的打馕店，农村路边的小摊，随时都可以闻到馕的香味。其实，新疆的馕，在内地很多城市也并不陌生，证明了这道新疆美食，已走出新疆，走向全国。

作为一种地域饮食文化，必然是经历了千百年来的衍变，才具有了今天的固然形态。新疆美食，犹如新疆的多彩或特色的美，不断向世人散发着诱惑的味道，也让内地很多的"吃货"充满了无限的向往。

新疆的馕，是西域味道的精髓，就像汇聚了一股团结奋进的力量，一直沿着历史发展方向，从汉唐一路奔波，一路欢唱，以崭新的面貌来到了今天。

一

作为西域味道的精华，新疆的馕，也如新疆的历史文化，大有独到之处。一般而言，饮食习俗是在长时期的历史发展进程中逐渐形成的，因而具有相对的稳定性。但是，任何事物都处在不断的发展变化中，任何一个民族的饮食习俗也是这样，随着时代的变迁，总会不断出现缓慢、渐进的变化。

新疆的馕，是新疆各族人民喜爱的主要面食之一，距今已有两千多年的历史。在汉唐时期，中原内地就称馕为"胡饼"，直到伊斯兰教传入新疆后，才改叫"馕"。

据历史记载，胡饼自汉代传入中原后，就成为人们喜爱的食物之一，东汉时，甚至在宫廷里都曾兴起过胡饼热。张骞出使西域后，频繁的商业贸易活动使胡饼在内地一些地方普及，而"胡饼"这一名称从汉到五代、宋一直在中原流行，对中原的饮食文化有着强烈的影响。

《新唐书·舆服志》说："贵人御馔，尽供胡食。"唐代的胡食品种很多，面食有"馎饦""毕罗""胡饼"等。"馎饦"是用油煎的面饼，慧琳《一切经音义》中说："此饼本是胡食，中国效之，微有改变，所以近代亦有此名。""毕罗"一语源自波斯语，一般认为它是指一种以面粉作皮、包有馅心、经蒸或烤制而成的食品。

唐代长安有许多经营西域特色的食店，其中就有胡饼，即芝麻烧饼，中间夹以肉馅。而卖胡饼的店摊十分普遍，据《资治通鉴·玄宗纪》记载，安史之乱，唐玄宗西逃至咸阳集贤宫时，正值中午，"上犹未食，杨国忠自市胡饼以献。"

西域美食文化的影响，悠久而深远。唐代的饮食文化变迁，也充分地说明了这一点。唐代外来饮食最多的是"胡食"，"胡食"是汉代人对从西域传入的食品的一种说法。"胡食"在汉魏通过丝绸之路传入中原内地后，在唐朝最为盛行。

毫无疑问的是，胡汉饮食文化交流得益于张骞出使西域。张骞多次出使西域，从此开辟了丝绸之路，使多种烹饪原料先后传到内地。那么，西域的胡饼传到长安，自然就水到渠成。

唐朝与域外饮食文化的交流，一时间激起了巨大波澜，在长安和洛阳等都市内，人们的物质生活都有一种崇尚西域的风气。饮食风味、服饰装束都以西域各城邦国为美，崇外成为一股不小的潮流。

边疆域外文化使者们带来的各地饮食文化，如一股股清流，汇进了大唐饮食的海洋，正因为如此，唐代的饮食文化才能表现出比以往任何一个历史时期都要绚丽的色彩。饮食生活的开放，反过来也促进了社会的开放，唐代的长安就是当时世界文化的中心。

历史上，新疆地区是欧亚大陆交通和文明交往的通道，连接古代东西方文明的"丝绸之路"从这里经过，在文化交融的同时，还有不同民族的饮食习惯，也逐渐在发展中产生了变化，并在长期的生活中，形成了新疆独有的美食。

随着馕的衍变，西域的胡饼通过时光隧道，发展成为今天我们常见的新疆的馕，就是在继承古代饮食文化的基础上，形成了现在各种味道的馕。而馕的出现既与社会经济的发展相关，又与对外文化的交流相连。

如今，新疆的美食多种多样，这跟新疆多民族的饮食融合有关，随着新时代的发展，逐步形成了共同的美食名称，但每道美食的做法还是多少有些区别。

拿新疆的馕来说，最常见最普通的馕，有皮牙子馕、芝麻馕、窝窝馕、玫瑰花酱馕等。最近，北疆等地又出现了辣皮子馕，而南疆有的地方却出现了面包馕、恰玛古馕等品类。所以新疆的美食，大多名称是一样，但做法会稍有不同，有些名称不同，做法却大同小异，这就是新疆美食的魅力所在。

新疆美食，是中华美食的组成部分，其中也融合了川菜、湘菜等地域特色，逐步有了新疆大盘鸡、辣子鸡、椒麻鸡、辣子过油肉拌面、胡辣羊蹄、麻辣鱼等特色美食。

同样，新疆的馕，也在悄悄发生着变化。据不完全统计，目前，馕已发展为 50 多个品种，这为新疆地域美食注入了更多的文化元素，让新疆美食香飘万里，名扬内外。

6 月份，阿克苏地区作家协会组织部分作家前往柯坪县开展采风活动，我们跟随作协主席杨志民，在柯坪县委宣传部干部的带领下，积极深入柯坪县各城镇及乡村，亲眼目睹了国家级贫困县的蜕变过程，并一路追寻柯坪馕的衍变发展历程。

作为新疆馕类的一种特色，柯坪的薄皮馕，是一道闻名于新疆内外的美食，其历史发展更是悠久，如今已成为柯坪县一张响亮的名片。正因为有了馕，柯坪县从馕入手，大做脱贫攻坚文章，成立馕合作社，拓宽销售渠道，带动馕产业发展。

面对这一个个小小的面饼，谁能想到，它被冠以"馕"的名称之后，发挥了举足轻重的作用。它穿越了时光，经历了岁月的过滤，从汉唐一路顽强地走来，并汇聚了所有生命的力量，在这片曾经的文明故地，焕发出新时代的容颜。

二

当走进柯坪县玉尔其乡托玛艾日克村杏乡馕合作社时，刚刚步入合作社的院落大门，我们就闻到一股浓浓的馕香味，就像来到一处环境优美的农家乐餐厅，瞬间勾起食欲。

此时，看见院里的 20 个馕坑边上，打馕师傅们正在忙碌烤制新鲜的馕，他们穿着白色的工作服，有条不紊地按照打馕工序，将白色的面饼放进馕坑，不大一会儿，烤熟的焦黄色的馕就出炉了，有的散发着芝麻味道，有的弥漫着皮牙子香味。

这次又来到馕合作社，自然又见到了老熟人、自治区粮食和物资储备局驻村工作队队长、第一书记李卫东。我和他见面已是第四次，还帮他介绍过朋友，解决合作社销售渠道的事。听他说，经过洽谈，基本确定了馕销售协议，具体事项正在协商。

2018年4月，李卫东根据全村的发展目标，为有效解决村民增收，积极整合村里现有资源，再向本单位领导汇报后，申请30万元启动资金，加上其他补助资金，前期共投资了38万元，成立了杏乡馕合作社。

合作社入社成员19名，其中贫困户3名，选举理事长1名、理事会成员4名、监事会成员3名，理事会成员分工负责生产加工、市场销售，构建成产销一体化运行模式。

为带动贫困户脱贫致富，合作社采取"1个馕坑带动2个贫困户"的模式，提供和面工、清洁工、保安、运输员、幼儿看护员等岗位，吸纳73人就业，其中贫困户43人，实现了让村民在家门口就业增收。这对全村的村民来说，无疑是一件大好事。

看着眼前的场景，我不禁问道："李书记，你们和艾力努尔公司的合作情况怎么样了？毕竟他们是县里有名的粮油加工企业，实力雄厚，市场路子也广，能真正地带动村民的增收与致富。"

李卫东说：2019年2月10日，村委会、合作社已和艾力努尔公司签订了合资合作协议，主要利用他们加工的面粉和销售渠道优势，解决馕的销售问题。另外，县委县政府投入580万元专项资金，新建2000平方米生产厂房，依据国家食品安全标准指标相关要求，对合作社进行升级改造，扩大生产规模，拓宽外销渠道，按照"企业+合作社+贫困户"的模式，村委会入股分红，让农户增收，壮大村集体经济，将合作社做大做强。

毕竟，只有形成产业结构，才能创造最大利润空间。柯坪县的人口和地域，在一定程度上限制了合作社的发展。尽管县里为合作社做了很多工作，把每天生产的馕供往街道、工厂、学校和单位等，但远远还达不到生产需求。

3月底，我和艾力努尔公司的老总见面说过此事，他说与合作社建立合资合作关系，能够达到合作共赢的目的，仅销售面粉这一块，每天就消耗 100 多袋，这些面粉全部按照出厂价格计算，切实给打馕户让利，增加他们的收入。

据了解，艾力努尔公司在西安设立了仓储中心，然后辐射全国各地，并在部分大城市设立经销商，这让新疆的面粉品牌在内地有了自己的市场。而且新疆的面粉季节和日照时间长，做出的面食很筋道又够味，所以一直畅销不衰。

正因为如此，艾力努尔依靠内地的销售市场，准备将柯坪的馕进行精品包装，销往内地各大城市的超市，逐渐形成一条食品加工销售链。这样不仅公司获得较好的利润，还能很好地让打馕师傅与合作社的收入增加，又能带动柯坪县馕产业的后续和远景发展。

提及与艾力努尔公司合作的事，李卫东高兴地说：采取这种合资合作模式，可以让每个打馕户入股，每股 500 元，最高上限可入 3000 元，目前全体贫困户入股分红，同时，通过壮大村集体经济，让全体农户受益。

2019 年 5 月，合作社已建成使用 20 个馕坑，日产销 1 万个以上，下一步投产一个电馕坑生产线，生产能力每小时 4000 个，并与企业签订月供 23 万个订单，定时定点加工生产供应，同时在县域内设立 31 个销售网点，根据销售量及时供应成品。据统计，截至 2018 年年底，合作社给就业人员发工资共计 50 万元。

来到一排馕坑前，打馕师傅艾力·买买提正在忙碌，只见他手拿馕托，快速弯腰将面饼贴到馕坑壁上，然后再用铁钩子，把熟透的馕从馕坑里钩出来，放在前面的面板上，这样放凉后的馕比较耐放。

问其收入情况，艾力·买买提说：每天至少要用 10 袋面粉，平均 2000 个馕，一个月下来收入在 1.3 万至 1.5 万元，除去材料和人工纯收入在 8000 元左右；为解决村里贫困户就业，每个馕坑的打馕师傅，必须要安置两个贫困户当小工打下手，工资至少每月 1800 元。

艾力·买买提说：驻村工作队和县里给我们提供了这么好的就业平台，尽管每天早起有点辛苦，但收入却超过了很多城里人的工资；再说环境又好，工作又自由和愉快，按规定完成打馕任务，下午就能早早下班了。

合作社在全县 31 个馕销售点，又可以解决 31 个村民的就业问题，他们的底薪为 1000 元，送一个馕再额外提成 8 分钱，送得越多收入就越高。另外，合作社还招用贫困户妇女做清洁工，工资由合作社发放，这些就业人员的工资，每月最高达到 2600 元，最低的闲杂工也在 1000 元以上。

李卫东介绍：合作社扩大规模后，可以再解决村民就业近 70 人，如今这个村 70% 的村民都是打馕师傅，市场上 60% 的馕都是合作社生产的；随着馕合作社越做越大，预计生产的馕将占全县市场的 80% 左右。

从合作社生产的馕的品种来看，主要有芝麻馕、皮牙子馕、玫瑰花酱馕、巴达木馕、薄皮馕、牛奶馕、窝窝馕、苞谷馕、面包馕等 20 多个品种，但独具柯坪特色的馕少，再说有些馕的保存时间不够长，要是销往内地进行长途运输，还存在一定的问题。

针对实际情况，李卫东经常和打馕师傅交流，准备将柯坪的特产恰玛古，作为馕的主要材料，研究出馕的新品种，起名为"恰玛古碱性馕"。这种馕，可以融合食品中的营养和药用价值，长期食用达到调节人体健康的目的。

如何解决内地的销售渠道呢？李卫东说：要在馕的材料配比、馕的包装上想办法，一般的馕，可以存放一个多月，但南方气候湿润，空气中的湿度大，容易造成馕变质，所以合作社力争上一条包装生产线，经过精品包装后，存放时间就会更长，比如用开水泡，馕的味道更佳，营养成分也不会流失。

去年夏天，李卫东给在内地工作的女儿，快寄了 10 多个柯坪的馕。收到馕后，女儿高兴地给他打电话说：爸爸，柯坪的馕太好吃了，同事品尝后也说好吃，没几天就吃完了，下次您多寄点啊。

凡是在新疆出生，毕业后在内地工作的年轻人，他们对新疆有着家乡情结，无论他们的祖籍在何地，新疆已成为内心难以割舍的情愫。就像李卫东的女儿一样，她和同事们品尝着新疆柯坪的馕，同时还在为新疆做着口碑宣传。

新疆的馕为何味道美？她回答了同事的疑问：新疆冬季漫长，一般秋季8至10月播种小麦，直到翌年6至7月成熟收割，生育期长达300天左右；季节气候和日照时间，自然就决定了新疆小麦的质量，而用小麦面粉做成的馕，味道口感实属俱佳。

一个小小的馕，代表的不仅仅是新疆特色美食，还浸润了一种浓浓的乡情和精神，充溢着每一个走出去的新疆人。只要提起新疆的馕，说起馕的味道，他们都感到自豪而骄傲，内心涌起的一股强大力量，最终汇聚成四个字——新疆力量。

如果说，柯坪的馕的力量是一滴水，而新疆千千万万的馕就是无数的水滴，它们汇聚成一条河，或者一条大江，融入中国这条澎湃的大海，在奔腾不息的浪花里，展现了新疆情结的魅力，体现了新疆力量的源泉。

三

天蒙蒙亮，艾力·买买提就起床了。他每天把手机闹钟定在清晨6:50，用10分钟穿衣洗漱，半个小时左右做早饭，然后收拾停当，就骑上电动三轮车到馕合作社。

以前，艾力·买买提从来没这么早起过床。因为那时打的馕数量少，几百个就够卖一天的，上下班的时间，由自己随意决定。现在却行不通了，他心里有一种紧迫感。一家五六口人，老的小的，全靠自己挣钱养家。去年没脱贫前，家里地少人多，吃着低保凑合着过日子，也不觉得脸上发烫。

这几年，县里号召全县实现脱贫致富，各项惠农政策铺天盖地，如火如荼的扶贫攻坚工作，让每个村民血脉膨胀。村委会每周安排学习，还有各种技能就业培训，从县里乡里到驻村工作队，不断给村民思想充电，彻底让村民改变了愚昧落后的思想状态。

如今谁不努力干活，在全村人的面前，感觉抬不起头来，就像做了亏心事。艾力·买买提说：最早的时候，家里的四五亩地，收入真的太低，不知道种植什么好，也没有技术，只要把种子撒到地里，该浇水的时候，打开渠道的闸门，浇上几遍水就算完事了，至于能收入多少，也不去操心，总想着饿了肚子，有政府管呢。

柯坪县为什么一直戴着国家级贫困县的帽子？这里面的原因很多，艾力·买买提掰着指头数着原因：一是地少人多；二是人懒，思想落后；三是没有技术，不知道怎么干。他说：最重要的还是思想问题，现在这个问题基本解决了，村民的干劲就明显足了，腰包也鼓了，脸上的笑容也多了，这都是党和政府的功劳呢。

艾力·买买提指着馕坑打比方说：政府和驻村工作队，给每个打馕户建一个馕坑，加配套设施就是1万元，要在以前想都不敢想，那时每家每户都有馕坑，都是用土块垒的，里外用泥巴一糊，几乎都不用花钱，但却不耐用，没过多久泥巴就烧裂了，打出的馕外形不好看，不过味道还算可以。

现在的人都很讲究，馕要卖相好看，还要味道纯正，不然就卖得不好。自从去年驻村工作队和村委会充分动员发动村民打馕，将有打馕经验的村民集中起来，统一经营管理，还邀请多年在疆内疆外的打馕师傅，回村带领分散经营馕的农户成立杏乡馕合作社后，收入甚至比城里打馕都高，所以大家的积极性就被调动起来了。

说起党和政府的支持，艾力·买买提情绪激动。他操着新疆味的普通话说：天上不会掉馅饼，以前很多人的思想真的是顽固不化，认为做礼拜信教就能过上好日子，死后能上天堂，娶好多老婆，那些都是扯淡的话，几十年或上百年来，也没见柯坪有谁能富起来，你看最近10多年，国家有了很多的扶贫、援疆政策后，变化是一天一个样，现在家家户户都有钱了，听说今年底全县要实现脱贫，我们听了，心里别提多高兴了。

我就问艾力·买买提，你是跟谁学的打馕手艺?

听到我问这个问题，艾力·买买提笑着说：像我们 40 多岁的人，在柯坪县几乎都会打馕，要看你愿不愿意干这个活，打馕熬人，整天弄得身上油乎乎的，我们村除了小孩和一些上学的孩子，基本上人人都会打馕；对了，你们可以到霍叙尔罕·马木提大妈家里去看看，她打的薄皮馕最好，还被列入自治区级非物质文化遗产传承人。

据艾力·买买提回忆：小时候，他父亲打的是皮牙子馕，还有芝麻馕，不像现在天天都打馕，好多天打一次，能吃好久，有时还经常去霍叙尔罕·马木提家吃薄皮馕。那时家里只要打馕，父亲就让他跟着打下手，时间长了，就慢慢学会了打馕。柯坪县流传着这样一句话：男人不会打馕，就像女人不会做针线活一样，要被笑话的。

因为贫穷落后，艾力·买买提对童年记忆犹新：那个年代，他吃得最多的就是苞谷面，蔬菜就是恰玛古，只有逢年过节，才能吃上小麦打的馕，还有一些从外面运来的萝卜、芹菜等蔬菜。自古以来，柯坪县就很少种植蔬菜，祖辈都说这里种不出蔬菜，只能种植恰玛古，而农作物就是苞谷、小麦，果树就是杏树和桑树最多。

如今的柯坪县，不仅种植红枣，还大面积开始种植豆角、西红柿、莲花白、辣子等蔬菜。县乡两级政府和驻村工作队，以及浙江湖州援疆工作队，积极帮助村民脱贫致富，还发展黑木耳种植等，仅柯坪打馕产业一项，就投资了600 多万元，这对一个国家级贫困县来说，各级领导的决心是何等坚定，目光又是多么长远。

艾力·买买提给我们算了一笔账：自扶贫攻坚以来，在村民的安居富民房和庭院建设上，各级政府和援疆资金补贴 4 万元左右，每户又发放了扶贫牛羊鸡等，每亩种植又补助 200 元，现在政府和驻村工作队扶持打馕产业，村民每月的纯收入又增加了近万元。

可喜的是，县里和各驻村工作队按照扶贫攻坚整村推进方案，在完成住房等基础设施的同时，又大力投资建设了村级幼儿园、娱乐活动、文化学习、改水引水工程等服务设施。这一系列的投资建设，让柯坪城乡发生了翻天覆地的变化，农村贫穷已成为过去，社会主义新农村的建设成果展现在我们面前，就像一幅幅美丽的画卷铺展开来。

作为驻村第一书记，军人出身的李卫东，从进驻托玛艾日克村第一天开始，走家串户，深入摸底和调研，寻找村民发家致富门路。当了解到这个村打馕的村民占全村半数以上时，他就像发现了新大陆，快速找出了制约村里馕发展的瓶颈，果断地制订馕发展措施，多方筹措扶贫帮困资金，凝聚村委会、驻村工作队、县乡两级政府、援疆指挥部到社会各界爱心人士的力量，积极参与和融入馕合作社产业发展。这样不仅增加了全村的收入，还真正带动了全县的农产品销售及旅游经济的发展。

李卫东说：目前艾力努尔公司研制开发的恰玛古有机碱性面粉，即将批量投放全国市场，杏乡馕合作社将充分运用本地资源优势，加强与企业合作，精心打制优质碱性馕，拓宽销售渠道，做大做强馕产业，真正发挥馕合作社在脱贫攻坚中的减贫作用。

有人曾形象地比喻柯坪：站在县城的主街道，拿一个馕顺手扔出去，就能从东头滚到西头。这就是戏说柯坪的县城太小了，小到全县只有5.6万左右的人口，耕地面积仅有10多万亩，人均土地也仅仅只有2亩左右。

经过10多年的发展，没人再用馕比喻柯坪的小了。因为柯坪不再贫穷落后，县城的各项功能建设日新月异，如今就像江南一处精致小巧的水乡，静静地坐落在绿树葱郁之间，随着时光和岁月的沉淀，将这里衍变得更加富有和绚丽。

正如没人敢小瞧柯坪的馕一样，别看它一路坎坎坷坷，从汉唐一直滚到今天，但在它小小的身躯里，正源源不断地汇聚着四面八方的力量。如今它不仅滚出了柯坪，滚出了新疆，还滚向了全国乃至世界。

这就是柯坪的馕的力量，一股承载着希望和梦想的巨大力量。

四

炉火正旺，热气腾腾。这时，从馕坑里取出滚烫的薄而香脆的柯坪薄皮馕，夹上鲜嫩的柯坪羊羔肉，吃到嘴里，美在心里。让人不禁赞叹：人间美食在新疆，新疆美食在柯坪。

薄皮馕（维吾尔语叫恰皮塔）是柯坪县独有的一种美食，在新疆其他地方很少见到。千百年来，祖祖辈辈生活在这里的柯坪人，用勤劳和智慧创造出这样一种属于自己的饮食，并延续发展到了今天。

说起新疆民间的美食，对于生活在新疆的人们来说，大都对柯坪薄皮馕不陌生，只是很多人闻名已久，却没能亲口品尝，难免心存遗憾。

只因慕名已久，我们来到柯坪县玉尔其乡托玛艾日克村时，看见几位妇女或跪或蹲在面前的毡子上揉面，她们把发好的面团压扁，然后擀成薄薄的面皮。

当说明来意时，76 岁的霍叙尔罕·马木提微笑着和我们打招呼，她一边把面皮放在馕托上用手轻轻抚平，一边自豪地说：在我们柯坪，女人不会打馕，就像男人不会放羊一样。

在柯坪县，霍叙尔罕·马木提做的薄皮馕最好，不但继承了传统做法的精髓，还被列入自治区级非物质文化遗产传承人，每年还能拿到国家 3600 元的传承补助金。她告诉我们说，其实做馕没什么难的，我们这里的妇女和男人都会做薄皮馕，非常感谢国家对我们的关心和支持，如今还让我们都实现了脱贫致富。

柯坪县委宣传部外宣办主任邵振萍向我们介绍：薄皮馕在柯坪人的日常生活中是不可缺少的。这种馕非常脆也非常薄，与众不同，是柯坪餐饮业的一个招牌。

此时正值午饭时间，放眼望去，只见一个个农家小院的上空升起如轻云薄雾般的袅袅炊烟，馕的香味随风飘来，令人垂涎欲滴。

霍叙尔罕·马木提说：村里几乎家家户户都有馕坑，而且每家的妇女都会烤馕，这是柯坪人祖祖辈辈传下来的生活习惯。馕坑的大小是根据每家的人口来定，一般分大中小三种型号。

据史料记载，汉代的西域都护府，柯坪属于龟兹；唐朝时期，隶属龟兹地区的姑墨州；清乾隆二十三年（1758 年），属阿克苏办事大臣管辖。"玉尔其"为"月氏"的变音，相传古代的玉尔其村曾有月氏部落居住。柯坪县玉尔其乡清代末期称下六庄，民国时期称为下庄、忠孝镇。

问及馕的衍变故事，邵振萍说：我曾听当地老人讲，班超从疏勒攻打龟兹经过柯坪时，一路征战人困马乏，当地人就拿出家里的食物，热情招待饥饿的将士们，据说就是一种烤得很薄的饼子。最后，吃饱喝足的将士一鼓作气攻下了龟兹城郭，顺利地实现了汉朝对西域的统治。

自古以来，馕就是维吾尔族人喜爱的主要面食之一，至今已有一千多年的历史。馕含水分少，久储不坏，便于携带，适宜于新疆干燥的气候，更适合古代行军打仗食用。

中华人民共和国成立前，柯坪的馕的品种还很少，作为特色的薄皮馕，延续到今天，制作更精细，用料更讲究，吃起来香酥可口，富有营养。与一般馕不同的是，在食用过程中，如果用薄皮馕卷羊羔肉，吃起来更美味。吃素食的话，用薄皮馕卷着蘸酱的洋葱或凉拌的胡萝卜，味道也极为可口。

宁可一日无米饭，不可一日无馕。这是柯坪流传最广的一句俗语。可以说，以前的这里家家户户都有馕坑，说明柯坪人烤馕的历史悠久，妇女个个会烤馕不足为奇。薄皮馕更是居住这里的人们代代相传并延续至今的一种饮食。

如今，柯坪县烤制薄皮馕的馕合作社、摊点随处可见，摊主们边烤边卖，生意非常火爆。一般薄皮馕都要吃刚出馕坑的，这样不仅口感新鲜香脆，还能夹着羊肉或蔬菜吃。

邵振萍告诉我们：维吾尔族人吃馕是有讲究的，他们吃饭时，男女老幼围成一圈把馕掰开吃，绝不用刀切，吃薄皮馕一般掰成八片，夹着羊肉或蔬菜吃。一个馕掰开大家吃，表示大家同心同德，共同享受美好的生活。

为给我们演示薄皮馕的制作过程，霍叙尔罕·马木提说：烤制薄皮馕的用具一般有馕坑、馕石板、馕擀面杖、馕托、长袖手套、面布、洒盐水刷等，做法很简单，几秒钟就可以烤熟。说话间，她从馕坑里飞快地取出一个烤好的薄皮馕。

柯坪打馕人家，一般用杏木烧炭，这样烤出来的薄皮馕味道更正宗，有一种特殊的香味。我们发现他们在烤制薄皮馕时，都会穿上一件旧衣服，再用头巾包住头部，防止在打馕过程中被火灼伤。

据现场了解，柯坪以前的馕坑，一般用土块砌成，内径100厘米至120厘米，口径60厘米至70厘米，内壁用碱土抹平就可以。用杏枝作柴禾烧好馕坑后，再用杏木或桑木制成的擀面杖，在直径50—70厘米的馕石板上，把发酵过的面团擀成直径5—50厘米的薄薄的圆面片，然后放在烤制柯坪薄皮馕专用工具直径为50—55厘米的馕托上，迅速贴在烧热的馕坑壁上烤制。

霍叙尔罕·马木提说：一般烤制时间在8秒至12秒，如果时间长了就容易烤焦。根据家里馕坑的大小，一次可以烤制1个至2个薄皮馕。

在新疆美食里，柯坪薄皮馕称得上是"一枝独秀"，以薄、脆、味道鲜美等特点获得各族群众的喜爱。根据大小不同，薄皮馕的卖价也不同，每个卖1元至2元不等。目前，柯坪县的薄皮馕已经成为该县主要的旅游产品之一。

当问到非遗传承问题时，霍叙尔罕·马木提说：我以前教过10多个徒弟，现在年龄都大了，不再专门从事打馕了，有时村里乡里，还有县里组织年轻人进行打馕技术培训，我们就教教他们掌握打馕的重点，发挥自己作为传承人的作用。

如今，随着时代的发展和生活水平的提高，烤制厚馕的人越来越多，但烤制薄皮馕的人越来越少，关键是年轻人不愿意学打馕，主要是薄皮馕太便宜了。目前，柯坪县只有不到20人懂得这门手艺，其中有3人被列入自治区级非物质文化遗产传承人。

近年来，为了保护好柯坪薄皮馕这一传统工艺，柯坪县制订了近期保护措施和15年保护规划，并拨付10万元用于柯坪薄皮馕的传统工艺保护。该县非物质文化遗产保护领导小组，每年给传承人发放3600元补助金，要求每个传承人要培养2至5名徒弟。

邵振萍说：近两年，柯坪县安排专职工作人员，整理出了完整的薄皮馕制作工艺和历史资料，计划在全县4个乡镇开办薄皮馕制作工艺培训班，确保后继有人。同时，还结合旅游发展规划，将薄皮馕纳入旅游系列产品，努力把薄皮馕打造成为新疆的知名品牌，结合柯坪羊肉的宣传，力争在全国提升柯坪县的知名度。

作为柯坪县一张响亮的名片，柯坪薄皮馕，经历了一路起起伏伏的发展过程，如今又荣列为新时代非遗文化中的地方特色美食。这背后的艰辛，无不透露出传承的坎坷历程，更体现了国家和政府对非遗文化的保护和弘扬。

根植于柯坪地域的薄皮馕，在浸润这片水土的滋养后，也时刻被祖辈传承的力量浇灌而充溢，经历时光和岁月的洗涤，逐渐在这片贫瘠的土地上长成参天大树。那隐藏在柯坪亘古大地上的力量，必将会喷发和绽放出最美的灿烂的容颜。

五

馕香飘万里，美味在柯坪。戴过国家级贫困县帽子的柯坪县，别看以前贫穷得出了名气，但它独有特色的美食，却让来过的人流连忘返。

至今也许还有很多人不知道柯坪县的"五宝"，我想在这里告诉他们，就是薄皮馕、羊肉、恰玛古、骆驼奶和黄杏，这些全是能吃的美味，仔细想想，在新疆大大小小几十个县城里，还真的找不出像柯坪这样的县来。既然有这么多独有的美味，为什么柯坪还是贫困县呢？我只能说，柯坪太小，产量太少，根本不够外销。

但柯坪的小麦却很多，在秋季，全县80%以上的耕地种的都是冬小麦。当初冬的小麦泛青时，田野里、果园间，甚至房前屋后，一片片绿色，张扬在凄冷的寒风里。仿佛一股股奋进的力量和精神，不屈服于寒冷的冬天，给人以振奋和希望。

因为小麦面粉，是馕的主要材料，所以柯坪的馕才会源源不断地出现在餐桌上。随着柯坪的名气越来越大，它就像藏在深闺里的羞涩少女，当展现在世人面前时，顿时惊艳了所有注视的目光。

我们慕名而来，我们怀着敬仰的心情而来。闻着麦子味的馕香，走进柯坪县玉尔其乡托玛艾日克村杏乡馕合作社，我极目寻找，那位叫买买提江·巴图尔的打馕师傅。我的目光，不停地搜寻那一个个圆圆的麦黄色的面包馕。

李卫东悄悄地告诉我：买买提江又去广州了，死活被他以前的老板叫了过去，你说他在这里干得好好的，非得跑那么远，家里又照顾不上，何必呢！你信不信，干不了半年，他绝对又会跑回来。

从李卫东的话里，我能理解他的心情，只因舍不得买买提江，还有那喷香诱人的面包馕。买买提江是柯坪唯一打面包馕的师傅，这是他根据新疆馕和西式面包的特点，全疆首次独创的一种特色馕。其外焦里嫩，口感松软，除有点咸味外，甜味且更浓。

2018年12月7日，天还没亮，我就来到买买提江家里，跟他一起体验打馕的一天的工作。那时村里的公鸡刚刚鸣叫，在寂静的黑夜里传出很远，黎明即将到来，乡村冬天的空气里，流淌着一股股刺骨的冰冷。

坐在买买提江驾驶的电动车后面，不大一会儿就到了杏乡馕合作社。我发现合作社的院子里，打馕的村民有的来得更早，他们把操作间里的炉子生着火，就开始一天的忙碌了。

在加工间里，买买提江麻利地把一袋子面粉倒进搅面机里，再用电子秤称好适量白砂糖也倒了进去，又提起大油壶倒了一些清油，加入发酵粉和盐巴等食材，按了一下开关，搅面机就嗡嗡转动起来，不到 10 分钟就和好面了。

然后，他拿出一个大盆，把机子里和好的面倒进盆里，再铺到宽大的案板上，盖上白色的塑料布，等上半个小时后，面就发好了。

买买提江说：2005 年，我去广州打工，专门给新疆办事处打馕，每月的工资只有五六千元，那里消费高，存不上钱，后来因为家里有事就回来了。2013 年，我又去广州打工，直到今年 5 月初，我妈妈打电话非得让我回家，说是村里成立了馕合作社，让我回到村里打馕。

说起独创面包馕的奇思怪想，买买提江说：我发现广州人做面包都是用电烤箱来做，如果在馕坑里烤出来，味道绝对比电烤箱里烤出来的好，我就试着去做面包馕，结果竟然成功了。在广州，一个面包馕可以卖到 10 元，在合作社只卖了 2 元，这主要是两地的消费水平不一样。

毕竟作为异乡人，没有高水平的文化，想在一线城市扎根难上加难，在广州生活了 8 年，买买提江深知文化的重要性，再加上家里的牵绊和思乡之情，他决定回到家乡发展，心想：只要依靠手艺，在村里一样可以发家致富。

本来，他是不打算回来的，可家里需要照顾，母亲年纪大了，弟弟又有两个孩子。听说村里的馕不愁销售有订单，他就赶紧坐飞机回到村里，并申请在馕合作社要了一个馕坑。

看着时间到了，买买提江和弟弟赶紧揉面，把揉好的面揪成一样大的面团，再用手均匀按压后，随即拿起来用双手捏成圆形，最后用木头扎花在面上印出图案。等全部做好之后，再把馕坑的温度调好，要求火不能太大，温度不能太高，否则面包馕就会烤焦或烤黑了。

感觉馕坑的温度适中，买买提江和弟弟快速地将生面包馕全部贴在馕坑内壁，10多分钟后，白色的面包馕慢慢变黄了，看着颜色逐渐变成红色的时候，熟透的面包馕就可以出馕坑了。面包馕比起商店、超市和蛋糕店里卖的面包味道要好得多，这些面包馕只送县里的所有幼儿园。

买买提江说：我每天用6袋子面粉，再多了不打了，整天起早贪黑地干，身体受不了，下午5点多准时下班。平时好多县城里的人都过来买，还有外地的游客，他们都说面包馕太好吃了。钱是挣不完的，每月收入1万多元就知足吧，我干了半年，除掉面粉、白糖、清油和一个工人工资等成本费用，我净赚了6万多元。

其实，前些年，买买提江的父亲因病去世，再加上弟弟出车祸，让这个家庭雪上加霜，家里的生活条件算是村里最差的。如今，通过党和政府的帮助和惠农政策，以及他自己的吃苦耐劳精神，不仅家里的安居富民房建好了，而且院墙和大门也焕然一新，全家人的日子越过越好。

通过和买买提江的接触，我感觉他内心流淌着一股力量。尽管没有多少文化，他肯于学习和钻研，在大城市吸取经验，然后结合打馕的实际需要，不断改进和创造馕的新品种。他与别人不同，是因为他在广州打开了眼界，拓宽了思路，开放了思想。

我拨通买买提江的手机，他在通信网络那头的广州，说话声显得很兴奋。他用不太标准的普通话说：朱大哥，你怎么知道，我又来广州了？我这次来是有目的的，有空先在广州周围的餐饮区跑跑，还有很多大超市，等销售渠道联系好了，我可以把合作社打的馕空运到广州，然后建立一个零售与批发销售网点，这样我们柯坪的馕就不愁销路了。

买买提江在手机里急切地说：我还没有给李书记说呢，这只是初步的想法，在没有做成实施之前，你要替我保密，不然的话，到时村里的人又要骂我胡折腾，不踏踏实实打馕罢了，还跑那么老远，挣不上钱，所以我要争取把这事做好，这样脸上才有光啊。

我和买买提江通完话，可以想象到他在广州奔跑的情景，从各个餐饮广场到众多的超市，都会留下他坚定的足迹。一个新疆人，在内地一线城市憧憬着美好的未来，以及柯坪的馕一路腾飞的梦想与希望。

这就是柯坪人的力量，也是柯坪的馕的力量。它将从这片崛起的大地出发，一路奔波，一路欢唱，穿越戈壁大漠，翻越千山万水，抵达灿烂的明天。

第五节　柯坪乡村的脱贫之路

柯坪，是古代丝绸之路上的重要驿站，又是南北疆交通必经之地，境内有很多汉唐至清代的佛寺、烽燧、古城、戍堡等遗址。从古代开始，这里就生活着游牧部落，随着历史的发展，如今的柯坪县重点以农牧业为主，大力发展养殖业和种植业，以此带动县域经济发展。

中华人民共和国成立后，柯坪被列入国家级贫困县，经过党和国家及各级政府的不懈努力与大力支持，柯坪的今天发生了可喜变化，城乡建设和发展旧貌换新颜，社会经济呈现出勃勃生机。

为目睹柯坪的发展之路，阿克苏地区作协组织部分作家，深入城乡零距离接触和感受柯坪翻天覆地的变化，亲身体验从贫困县到实现脱贫致富的蜕变过程，展现柯坪各级干部和各族群众的奋斗历程。

值得庆幸的是，我们从柯坪县委宣传部了解到，2019年年底，柯坪县将摘掉"国家级贫困县"的帽子，并以崭新的姿态适应新时代发展。

一

当天来到盖孜力克镇库木也尔村时，正是夏季最炎热的时刻，走进村民阿依夏木·马木提的家里，我们感受到一阵凉爽，因为她家院子里有一个撑满院落天空的葡萄架。碧绿的葡萄挂在枝头，一串挨着一串，就像晶莹剔透的玛瑙，让人顿时精神振奋。

2019 年 29 岁的阿依夏木·马木提，是一个典型的现代女性，身着合适的裙装，显得端庄而贤淑。她热情地招呼我们到屋里坐，然后又给我们倒茶，端自家做的点心，说味道不错，让我们品尝。

阿依夏木·马木提的老公是镇政府的保安，上一天班就休息一天，等于一个月上半个月的班，每月的工资是 1500 元。休息时，就可以帮着家里干活。另外还有两个儿子，都在镇上读小学，每天兄弟两个结伴上学，不过每天都有校车来回接送。

在村里，阿依夏木·马木提家的 7.2 亩地算是多的了，今年种植了 5 亩棉花，另外 2 亩多是枣树地。前两年，为增加家里的收入，她家又租种了别人家的 32 亩地，也用于种植棉花。去年仅棉花的收入差不多达到 9 万元，除掉成本和人工，纯收入 4 万多元。

2016 年，政府给她家发放了 10 只扶贫羊，如今发展到 23 只，除去每年卖掉 5 只羊，加上每年育肥羊，光养殖就获得利润 2 万元左右。2018 年，政府又补助了 3 万多元，再加上各种农业补贴，一年下来，阿依夏木·马木提家每年的收入在 6 万元以上。

阿依夏木·马木提说：近几年，党和政府对贫困户的扶持力度很大，每年都有各种政府补贴，从住房、养殖、种植到扶贫项目资金，让每家每户的村民都得到了实惠，也看到了幸福生活的希望。

说起劳累过度牺牲的援疆领导黄群超时，阿依夏木·马木提的眼睛湿润了，她呜咽着说：我也记不清黄书记到我们家来了多少次了，每次都会给我们带好多东西，村里的路灯也是黄书记争取援疆资金安装起来的，每当看见明亮的路灯，我都会想起和蔼可亲的黄书记。

当年的黄群超书记，负责这个村的扶贫攻坚工作，几乎每天他都会跑到村里看看，只要谁家有了困难，他都会及时帮助解决，真正让村民们感受到了援疆干部的热情，更让村民们感觉到了党和国家对贫困人口的支持力度。

阿依夏木·马木提说：我的两个儿子上学，都是全部免费的，中午还有免费午餐，基本上家里不用花钱，现在的条件真的太好了。我的爸爸妈妈说就像做梦一样，政府对我们的恩情，让我们全家都非常感激，所以我们一定会好好努力，把我们的生活越过越好。

我们问阿依夏木·马木提：你们家是哪年实现脱贫的？人均收入达到多少？

阿依夏木·马木提回答：我们家是 2016 年年底实现的脱贫，当年人均收入是 7000 元，这两年，家里的收入又增加了不少，人均收入达到了 1 万元以上。

镇里的包户干部艾斯卡尔·米吉提说：去年这个村人均收入突破了 1 万元，每户家庭的主要经济来源就是养殖和种植，仅这两项，每家每年的收入最低也在 4 万元。在以前来说，还真是想都不敢想，如今拓宽了发展路子，村民的收入渠道也就增多了。

谈到今后的打算，阿依夏木·马木提说：年底准备在县城开一家饭馆，毕竟有了一些存款，不投资经营其他项目，很难达到小康水平，现在只要肯吃苦，干活勤快，不像以前那样懒惰，我想不用几年，我们家和其他村民都能达到更高的生活水平。

艾斯卡尔·米吉提感触地告诉我们：10 年前，村民干活的积极性不高，都是被动地到地头干活。经过这些年的学习，彻底改变了观念，抛弃了陈旧的思想枷锁，知道干活就是为了自己家过得幸福。再说，最近几年，各级政府的扶贫政策和力度也很大，每年都有扶贫资金发放到每家贫困户手里，真正做到了"村民想干什么，政府就帮助他们做什么"，让村民切身体会到了国家的关心和关怀。

临走时，我们又走进阿依夏木·马木提家的养殖区，看见几十只羊，正在圈里吃草，旁边还有鸽笼和鸡舍。她给我们说：建鸡舍和鸽笼，政府还补贴了5000元呢，对养殖湖羊的农户，又补贴了5000元。

由此可见，柯坪的发展，农村的变化，证明党和政府对扶贫攻坚有多么重视，支持力度可以用"前无古人，后无来者"来生动地概括。

在中国精神的鼓舞下，柯坪终将会从贫穷走向富裕，从富裕一定会实现小康生活，努力实现伟大的中国梦，这一天，必然不会遥远。

二

驱车来到阿恰勒镇幸福村，我们看见全村是新建的村落，村里的村民都是柯坪县其他乡镇搬迁过来的贫困户。这种易地搬迁，就是解决地少人多乡镇的困难，让地少的村民搬到地多的乡镇安家落户，实现脱贫致富。

走在村里笔直的柏油路面上，柯坪县委宣传部外宣办主任邵振萍说：幸福村是按照社会主义新农村的规划建设的，村里所有的房屋和基础设施，全部由政府投资建设，搬迁过来的村民可以直接入住，每户还分几十亩耕地，2017年10月份搬迁过来，2018年全村实现了脱贫目标。

我们看着眼前的房屋，就像一栋栋别墅区，统一的红色房顶，黄色院墙，每家每户门口是规划整齐的绿化带，里面种植了花草、蔬菜和果树。像这样的村落，在全疆也是不多见的，真正让贫困村民一夜之间实现了住进别墅区的梦想。

来到村里的创业小广场，周围有超市、饭馆、门诊、药店，还有夜市的摊位等，有一技之长的村民都可以申请到这里实现创业致富，而且村委会还帮助村民办理各种营业手续，真正把基层工作做到了村民的家门口。

走进"幸福加工面店"饭馆，我们见到了创业村民阿不来提·吐旦木。他向我们介绍了自家情况：家里总共有6口人，他和老婆，还有一个女儿和三个儿子。大女儿就读于北京对外经济贸易大学，二儿子就读于和田医专，三儿子在北京市读内高班，四儿子在县城柯坪湖州小学。从他的四个孩子来看，将来一定会个个都有出息，为社会和国家作出贡献。

阿不来提·吐旦木的家庭真正享受到了国家教育扶贫政策，大女儿大学一年学费 5800 元，由国家来承担，二儿子每年 3000 元的学费也全免，三儿子读内高班国家也全免，小儿子的学费国家还是全免，并且县教育局还每年给他家发放 6000 元的补助。

我们问阿不来提·吐旦木：国家在教育上，给了你们家这么好的优惠政策，你对党和政府的帮助有什么想法？

阿不来提·吐旦木神情激动地说：要是在以前的话，家里的孩子根本上不起学，现在国家的政策真的太好了，不仅学费不用花钱，还给我们盖了新房子，村里又给我家分了 25 亩地；现在二儿子阿巴斯已经毕业了，在阿克苏维吾尔族医院实习了半年多，我准备让他参加县里的考试，争取回到县医院工作，这样可以为柯坪的乡亲父老服务，其他孩子还没毕业，到时他们自己决定吧，只要能回报党和政府的恩情，我觉得他们在哪里工作都一样。

搬迁之前，阿不来提·吐旦木是盖孜力克镇哈拉玛村的村民，因为家里地少，他和老婆就到柯坪县的启浪乡投奔哥哥和弟弟，于是每家给他分出 15 亩地，让他种植棉花，全家人依靠 30 亩地维持生活，每年收入 6 万元，除去家里所有开销，基本所剩无几，因此长期处于贫困状态。

当县里确定易地搬迁的名额时，就将贫困户阿不来提·吐旦木列为搬迁对象。听说要搬进新盖的房子，阿不来提·吐旦木兴奋得难以入睡，这么好的条件和设施，很多村民都想搬到社会主义新农村，就像城里的别墅区一样，住进去心情也格外舒畅。

搬进新房后，政府又给搬迁过来的 96 家贫困户，每家发放了 1 万元安家费用，可用于购买家具和日常用品。阿不来提·吐旦木的老婆身体不好，再者他早就想开一家饭馆，孩子们都在外面上学，家里就剩下他一个劳力。地里活干不了，他按每亩地 400 元的租金，把 25 亩耕地租给了同村的村民。

今年 2 月份，阿不来提·吐旦木把村里创业小广场上一间 36 平方米的门面房，以每年 3000 元的租金给租了下来，然后开了一家拌面馆。开业第一个月，纯收入就达到 5000 元。他觉得自己的辛苦得到了回报，一个月的收入足够全家人开销了。

在"幸福加工面店"里，进门靠左边放着一个冰柜，右边放了三张饭桌，每次至少可以容纳 12 名顾客就餐。阿不来提·吐旦木说：别看店面小，每天吃饭的人还真不少，特别是中午，里面都坐不下人了，我就在店门前的空地上多加了两张饭桌，也许我的拉面手艺好，很多顾客都喜欢过来吃。

幸福村距离齐兰古城不远，在通往遗址景点的半路上，紧挨着新建的柏油路。近两年，随着全疆掀起旅游热潮，很多游客纷纷到齐兰古城游玩，经常有很多旅游大巴停靠在村头，他们在村里观看完景色，就到阿不来提·吐旦木的饭馆里吃饭。柯坪县的旅游开发，带动了幸福村的经济收入。

阿不来提·吐旦木说：因为村里就我一家饭馆，没有竞争对手，生意好也实属正常，不过味道一定要做好，上个月的收入达到了 8000 元，这样一来，一年的纯收入至少能有 5 万多元，有了党和政府的好政策，才让我们家的日子越来越好，生活越过越幸福。

去年 3 月份，县里又给阿不来提·吐旦木家发放了 10 只扶贫羊，由于没人饲养，就托管给了养羊合作社，一只羊每年给他家 100 元，去年年底繁殖到 17 只羊了。

柯坪县委办干部李世超，是阿不来提·吐旦木家的结亲对象，逢年过节他都会提着礼物看望阿不来提·吐旦木全家，每次都会留下 500 元过节费。每年的春天，李世超都会给亲戚家购买 20 只鸡苗送过来，几个月后，家里就有吃不完的鸡蛋，有时去县城，阿不来提·吐旦木就给李世超送去一兜新鲜的土鸡蛋。

为让亲戚实现持续增收，李世超经常给阿不来提·吐旦木出谋划策，建议他夏季的晚上可以在小广场卖烧烤，每晚至少挣上 200 多元；还有养殖区里多喂养鸽子，种植区种植蔬菜，这样可以为餐馆里提供鸽肉和青菜，无形中又能提高收入。

阿不来提·吐旦木说：不仅亲戚李世超经常帮助我家，还有村里乡里的干部也经常关心我们，积极给我们提供增收的门路和渠道，这份恩情，我时刻牢记在心里，我们全家一定不会辜负他们的希望，更不会辜负党和政府的关心与帮助。

如今的幸福村，真正让 96 户贫困村民走上了幸福之路，他们在党的春风沐浴下，有了自己的创业发展平台，终于实现了脱贫致富的梦想。

柯坪已不再贫穷，柯坪的乡村正焕发着新时代的光芒，这里的未来，将是一片富饶的土地，各族人民群众将迎来一个无比辉煌的时代。

第四章

柯坪，芨芨草扫把的行走方式

第一节　柯坪，芨芨草扫把的行走方式

一

艾海提·托海提老汉坐在自家干净整洁的客厅沙发上，满意地捋了一把嘴边花白的短胡须，端起眼前雅致的奶油色钢化玻璃茶几上的金边紫萝兰鲜花茶碗，自得地喝了一口药香味浓郁的橙红色茶水，满意地笑了起来。

茶水甘美清冽，带着一股令他的口舌味蕾舒张愉悦的特殊药香，沿着舌面热烫熨帖地流进了喉管。顿时，他觉得全身心开始放松，每个毛孔都在这种美味醇厚的茶水的抚慰下兴奋地舒张开了。

还有这闪亮光洁的地板，茶几中央朴拙好看的陶罐里散发着花香的鲜花，头顶上的花枝吊灯以及白底紫花的光洁的天花板，都令他的心情增加着舒适滋润的满意与美好。

哎，亚可西的生活啊。党的扶贫政策，真是好！

老汉感叹一声，微眯着双眼假寐起来。

客厅门外，是两间蓝色彩钢大棚，棚下一头整齐地码放着制作好的芨芨草扫把，中间散放着几捆芨芨草和几把还没完成的扫把。

令艾海提老汉今天心情特别舒畅的是：他从早上起床到现在休息，已经制作完成了9把扫把。这些扫把已被柯坪县住建局以及别的地方单位预订，每把15块钱。那么，就今天上午3小时的劳动，他的收入就已经是135块钱了。

凭此一项，就能让老汉每年有很可观的收入了。何况，他还有别的几项增收渠道呢。好收入好日子堆砌起来的幸福感觉，满满地充斥在老汉的心胸间，胀鼓鼓的，怎不令老汉感叹心醉呢！

二

50多年前，艾海提老汉还年轻，那时，他的日子过得糟心！想起那样的生活，他流下了眼泪。

他记得，他初中刚毕业，就和村上的一位克丝巴郎（姑娘）结婚了。父母帮助他在村里要了一处宅基地，盖了两间干打垒的小土屋后，一个最基本的社会细胞——柯坪大地上简单生长的中国维吾尔族农民家庭诞生了。

只是，这个小家庭刚诞生便面临着生存危机。要添置锅碗瓢盆，被子、毛毡、口粮、调料、镰刀、砍土曼，等等等等。那时，中国社会刚经历过三年困难时期，人们见识过饥饿对生命的残酷摧击，吃饱饭是当时人生最高的追求。

艾海提的小家庭当时只有四五天的口粮，一口锅和父母亲给的一床破旧的被子，其余都需要他和洋岗子（媳妇）哈里旦·热伊木想法解决。烦心事一大堆，好在他们很年轻。

那样的日子是怎么熬过来的，连艾海提老汉都想不起来啦。总体的记忆是生活半饥不饱，困苦艰难……

家里只有1亩土地，后来他将这1亩土地汇入集体生产队。为了生活，他偷偷出外打过工，自己揣摩着当过兽医。还好，还好，他是一个初中生，在当时的柯坪农村，他算是一个大知识分子啦！凭着这一点优势，他被选拔当了村干部，之后天天在大队部上班。他和洋岗子的日子算有了好转。但也只能勉强填饱肚子而已，六十年代初的柯坪农村，这已算是最高的人生境界了。

熬啊熬啊……这样的生活，活着就已不容易了！哪里还敢奢谈吃好穿好？！

三

好在，中国出了个邓小平，以卓越不凡的胆识和前无古人、超越千年的目光，领导中国人民进行了一场世界罕见的伟大的改革。从此，神州大地上春雷滚滚，生机勃勃。中国人民过上了好日子，将上下五千年任何一个朝代都没有彻底解决掉的 13 亿人的吃饭问题彻底解决掉了。

雨露润泽大地，惠及每一株小草。

生活在柯坪县玉斯屯巴格勒格村的农民艾海提一家人，也沐浴在改革开放的春风里，不再为吃饭问题而发愁了。他有了孩子，分到了一亩多地，每天都能吃到白面馕、拉条子，对生活已经非常满意了。

令他更加满意的是：人们可以自由地想干什么就干什么，为了过上好日子，个人养多少牛羊都不犯法，不会被当成资本主义的尾巴而被割掉。

发家致富被大力提倡，当个万元户成了人们的梦想。

艾海提是村里的知识分子，是玉斯屯巴格勒格村头脑最灵活的人。他根据柯坪农村改革开放的大好形势，首先找到了机会。和洋岗子商量后，他准备大量养羊。

柯坪的羊肉远近闻名，养羊是重要的致富项目。他想得不错。于是，经过一段时间的筹措，他买来 20 多只羊，进入柯尔塔格山过起了牧羊的日子。

山中牧羊的日子艰苦而寂寞，但总算略有经济收入，比村里大多数人收入好。羊群也缓慢发展，3 年后，他有了 100 多只羊。

柯尔塔格山区干旱少雨，植被稀疏，放牧的羊多以采食矮伏在地面上的稀疏灌木嫩梢为生，对羊群数量制约显著。

羊群一旦突破百只，膘情就开始下降，因此，山中放牧的羊群被限制在百头之内，很难大规模放牧。艾海提也受这个自然规律限制，难以突破柯坪放牧羊群的瓶颈。

况且，在柯坪销售羊只，价格也偏低。改革开放后，人们的生活刚有起色，也只是限制在面食饱腹而已，对于菜品肉食，则只在个别节日、婚礼现场略微体现，平常日子，则很难享受得到。所以，柯坪的羊肉虽然以细嫩多汁、鲜美可口、极少膻味而闻名于世，牧羊人的收入却不是太高。

养羊第四年春天，一场意外的厚厚的春雪降临在柯尔塔格山区，令艾海提措手不及。本来，春天的羊只普遍瘦弱，外加春寒料峭，它们的抵抗力极差。厚厚的积雪覆盖了起伏的山岗，羊群连极少的枯草也吃不上了。过了几天，一只瘦弱的羊由于饥寒而倒毙在雪地上。

艾海提和洋岗子心如刀绞，无能为力，抱着刚死去的羊在雪地里仰天大哭。

可是，一只羊刚刚死去，另一只羊也奄奄一息，倒在雪地上断了气。

春寒过后，他的羊只剩下 13 只了。

他心灰意冷，赶着剩下的 13 只羊和洋岗子回家了。过了几天，他将剩下的羊赶到巴扎上，伤心地低价卖了出去。

艾海提第一次发家致富的美梦以失败告终。

四

养羊失败后的艾海提害怕看到羊群，也避免谈有关羊的话题，那一段在大雪纷飞中羊群倒毙的春天的场景，深深烙在他的记忆里，一想起来，他的心就疼痛起来，他伤心透了。

生活依然继续着，太阳照常升起。

艾海提和洋岗子过着平常的日子，早出晚归，耕种着那 1 亩多地，平静地生活着。

中国的改革开放继续深入下去，柯坪人民也普遍过上期盼了千年的天天吃上白面馕、拉条子的美好日子，且超过了预期的生活，菜籽油炒的西红柿、白菜也经常盖在了拉条子上面，白面馕表面也抹上了清油皮牙子，有时甚至在和面时打入鸡蛋，将白面馕变成了更好吃的营养馕。

艾海提也有了好几件条绒面的黑色袷袢，生活得和解放前的巴依老爷一样。

可是，当这样的生活成为常态后，人们便感觉不到她的美好了。经济收入的匮乏，也常常令人陷入到无法自拔的困境里。村里有几户人家因为疾病或者意外的灾难连馕也吃不饱了，大家只好给他们救济。

也有几户人家因为特殊的才能和大多数人不具备的经济条件而过上了好日子。比如米吉提家，他家的巴郎子学会了制作毛毡的手艺，每年都有二三千元的额外收入，成为村里的富裕人家。

还有黑力力家，因为他的哥哥在县城某单位上班，帮他在县城开了一家商店，这样，黑力力家也过上了富裕日子。

这些，都刺激着艾海提，他常常抽着莫合烟思考着。

光吃饱饭是不行的，还应有钱天天进入口袋才行。这是艾海提思考的结果。

有一天上巴扎，艾海提来到一处卖日常生活杂物的市场上，买了一把小扫把。谈好价钱将扫把买了下来，之后，他随意在几个货摊上转转。

两边摊子一个挨着一个，中间是一条 3 米宽的过道，供行人挑选浏览货物。这条大约 60 米长的杂货市场，卖什么东西的人都有。锅碗瓢盆，长短铁锨、蒸笼灶具、肥皂锅刷……都是人们日常生活所需要的东西。突然，他看到了一个专门卖芨芨草扫把的摊子，他走过去，仔细询问每样芨芨草扫把的价钱。摊主一一告诉了他。

他的心里一动，回来的路上一直思考一个问题。

芨芨草做的扫把也能卖钱？哎，真是的，现在，什么东西拿到巴扎上都能变成钱啦！这芨芨草，到处有嘛！做成扫把就变成钱了。我何不……

他想起来了，用芨芨草做扫把，他也会。

小时候，家里用的扫院子的扫把，就是大当（父亲）做的；长大了，家里扫院子的扫把，是他自己做的，现在还在用着。用芨芨草做扫把，不难。到戈壁滩长芨芨草的干水沟边，抓住高高的圆形挂面条似的白色柔韧的芨芨草，一使劲拔下一股来，一使劲拔下一股来，一会儿就会拔下一大把来。将拔下的芨芨草收集起来，捆成捆，扛回家来备用就是。

做扫把时，讲究的人会用预先做好的铁箍。先在铁箍里尽量多地塞进去一把芨芨草，接着将芨芨草根部用木槌敲打整齐。形成一种馒头状的突出，接着在草把根部中间顶进去一根尖头木锥，然后将草把平放在地上，一人分开草把，找见木锥尖头，用脚踩住分开的芨芨草，然后拿一小股事先捆扎好的芨芨草，顶在木锥尖头上；另一人拿小铁锤轻轻叩打木锥根部的凹台。两人配合，一进一出，将那一小股芨芨草使劲塞进铁箍捆住的芨芨草中间。通过几次这样的加塞，铁箍里的芨芨草就会紧紧被铁箍捆牢，像含进去一样牢固了。之后在捆好的芨芨草中间顶进去一根长短合适的木棍，一个扫院子的大扫把就做成了。

当然，也可将芨芨草做成扫地的小扫把，大小之分在于铁箍大小，做法大致相同。

想到这里，艾海提决定了，自己也做芨芨草扫把，下一个巴扎天就拿到巴扎上卖去。

只是，只是……怎么好意思呢！

将这种小而并不复杂的手艺拿到巴扎上去显摆，卖钱，碰到亲戚朋友怎么办？如果他们也要买，收不收他们的钱呢？

唉，做啥事都有难处。这做扫把的活……好吧，边走边看吧！

他回家来，对洋岗子讲了自己的想法，没想到洋岗子眼睛一亮，非常支持他。

女人对他说：没啥不好意思的。过日子，一个人有一个人的过法。扎芨苈草扫把卖钱，不偷不抢的，是堂堂正正的事情。碰到亲戚朋友了，他要买，就卖给他一把好了。他没钱，还想要扫把，就送给他一把好了。只要心态正就行！

听洋岗子这样说，艾海提心里的那道坎没有了。第二天，他赶上毛驴车，和洋岗子一起，到戈壁滩苈苈草多而茂盛的地方来拔苈苈草。午后就拉了一车回家。这样干了几天，家里就有一堆苈苈草码放的小山了。他对洋岗子说：明天我们就开始做扫把吧。洋岗子点点头说，好吧。再过两天就是巴扎天了，明天开始做正好可以拉到巴扎上去卖了。

夫妻俩在家里做了几天扫把，巴扎天一到，就将做好的扫把拉到巴扎上去卖。没想到，一天只卖出去3把，换了6块钱。其余的十几把都没有卖出去。

亲戚朋友倒是碰到了几个，他们像做了害羞的事情一样，远远地绕过他卖扫把的摊子走了，没有让艾海提难为情。

从巴扎上回来，艾海提有些灰心，不想做了。但洋岗子却鼓励他说：刚开始卖得少是正常的，下个巴扎天就会卖得多了。

下个巴扎天，他卖出去了6把扫把。

这多少对他有些鼓励，他继续做扫把、卖扫把。可是，卖出去的依然不多。这样，卖扫把的事情不温不火地进行着，赚回了买盐买莫合烟的钱。

做了一段时间，他觉得没有多大意思，就不再做扫把了。洋岗子也没有再说什么。

五

艾海提家贫穷的日子在继续着。

进入新世纪后，市场上羊肉的价钱逐渐提升，从每公斤8元起，一直涨到每公斤36元。一次，家里来了亲戚，艾海提到市场上买羊肉，准备做抓饭招待亲戚，想不到羊肉在市场上又涨价了，每公斤居然涨到吓人的39元。艾海提口袋里没有那么多钱，只好买了一只小鸡拿回家招待亲戚，被洋岗子埋怨了好一阵。

羊肉这么贵，养羊肯定能挣钱！艾海提的心里又活动开了。只是一想起那年春天雪地里倒毙的一只只死羊，他就有点心惊胆战的感觉。

养羊风险大啊！

他仔细回想上一次养羊的经历，总结养羊失败的原因，决定规避风险，再次养羊。

第二年春天，在羊价最便宜（每年春天，由于冬季草枯，羊只膘情严重下降，至春天，戈壁滩上枯草更少。许多羊得不到补饲，瘦弱异常。养羊多的人为了减少损失，就会低价出卖瘦弱的羊只）的时候，艾海提又在巴扎上，买了10只母羊，拉回家饲喂了起来。

他嘱咐洋岗子，要她平时注意收集牧草，储存起来，已备不时之需。

他的羊群缓慢发展，养了3年，家里有50多只羊了。他不敢让羊群存栏数目超过60只，那年春天的教训太深刻了，一想起来，他便气虚心慌，再也没有大力发展羊群数量的底气了。

至第六年，他又遭遇了春寒大雪，但因为家里储备了一定量的牧草，他将羊群赶回了家，顺利渡过了这次灾难。

也正因为他的羊群规模小，他靠养羊赚钱致富的想法也一时无法实现。

他在山里牧放着一小群羊，洋岗子在家里种着1亩多地，日子不温不火，平平淡淡地过着。

又过了几年，市场上羊肉价格大跌。居然又跌回了8元时代，养羊大亏。艾海提对养羊一事失望至极，于是，他又低价将自己的羊在巴扎上卖了出去。

两次养羊，两次失败。艾海提心里难过极了。他伤心地对洋岗子说：这就是命呀！看来，我们的日子不会富起来了。唉！认命吧！

二十年后的今天，羊肉价格每公斤已达65元。

六

转机是从那一年开始的，艾海提老汉半躺在沙发上，继续回忆着。

哦，那个日子并不遥远。那一天，在他家的地头上，他遇到了一位风尘仆仆的中年人。中年人戴一副眼镜，文静而朴实，像一位学校的老师。他的裤脚上沾满了灰尘，显然走了很长的一段路了。他经过艾海提家的苞谷地，看到在地里干活的艾海提老两口，就停下来跟他们打招呼：

"哎阿嘎（维吾尔语，大哥之意），锄草吗？这地是你家的吗？"

"哦，是的，是的。"

得到了肯定的答复，中年人走进苞谷地来，和艾海提亲热地握手后，就和他们一起锄草，一边和他们攀谈起来。

中年人问这块苞谷地大小，问家里养牲畜了没有，问他家里一年的收入情况。他们交谈得自然而亲切，仿佛离别不久又重逢的老朋友。

中午饭时间到了，他们走出苞谷地，中年人帮他背着一小捆从地里收集来的锄倒的鲜绿杂草，同老两口一起来到艾海提家里。这个中年人没有一点架子，拿起放在正房门口的维式洗手壶熟练地倒水洗手，之后坐在院内杏树下的大木床上同艾海提喝茶聊天。艾海提的洋岗子在厨房里做饭，一会儿端上来两碗豇豆菜盖面。中年人也没有客气，端起碗来就吃了起来，边吃边称赞说："好吃！好吃！"

告别的时候，中年人对艾海提说："大哥，你有做扫把的手艺，这很好啊！就多多做扫把吧！我帮你在县城里卖！好吧？"

艾海提有些怀疑，对他说：好是好，就怕做多了卖不掉啊！

中年人说：大哥你放心吧！这点忙我还是能帮的！说完走出门去，向老两口挥挥手走了。

艾海提半信半疑，和洋岗子商量，洋岗子说：我们就先做着吧！我看这位亚达西是个厚道实在的人，不像说空话的。再说，扫把做好了，卖掉最好，如果卖不掉呢，就放在家里，咱们慢慢卖，不是也一样吗？

艾海提点点头，同意了。于是，第二天，他们套上毛驴车，又来到熟悉的地方拔芨芨草，拔了两天就开始按程序认真做起了扫把。

到巴扎天了，艾海提老两口套上毛驴车，准备拉上做好的 60 把芨芨草扫把到县城赶巴扎，却突然听到院门外嘟嘟的汽车喇叭声。闻声出门，艾海提看到，他家的大门口停着一辆小卡车，从驾驶室里出来的，正是上星期到他家的那位中学老师模样的中年人。

大哥，你好！那位中年人来到他面前，握住了他的手，对他说：扫把我已经给你卖出去了，你数好了，就全部装上车吧！

艾海提高兴地说："哎哟！这……亚可西！亚可西的嘛！"

中年人和老两口一起往车上装扫把，装完了，车里下来一位小青年，给艾海提以每把扫把 15 元的价钱结了账。看着手里拿着的 9 张粉红色钞票，艾海提感激得流下了眼泪，他握住中年人的手说："兄弟啊！亚可西的，你可帮了我的大忙啦！"

中年人说："你好好扎扫把吧！记住，一定要扎得比别人的好，好用又好看。下一个巴扎天，就由他来拉你的扫把。"他用手指一指那位小青年，小青年笑着冲艾海提点点头，中年人接着对艾海提说："质量一定要保证，只要达到好用好看这个标准，你的扫把，他全要。"

听中年人这样说，艾海提高兴得不知道说什么好，只是在嘴里喃喃着："亚可西！亚可西……"

以后的日子里，艾海提老两口就以扎扫把为日常最重要的事情了。他认认真真想干好这件事情，不断提高扎扫把的技巧，研究怎么样才能扎出不仅好用而且好看的芨芨草扫把。

每个巴扎天，那位小青年开着那辆小卡车，都会来艾海提家拉扫把，抽检过几把后，对艾海提老两口扎的芨芨草扫把表示满意。一个月下来，艾海提夫妇仅扎扫把一项收入达 4000 多元。

两个月后，艾海提夫妇同柯坪县城建局达成了供货协议，要求他们每月供应 200 把芨芨草扫把。

七

那位中年人有时会来艾海提家坐坐，在艾海提家的大板床上同他喝茶拉家常，了解他家的收入情况，帮他出主意。

中年人的主意都很好，艾海提对他非常感激。

2015 年，艾海提得到了柯坪县政府无偿提供的 10 只扶贫湖羊。这种羊繁殖能力极强，一年产两胎，每胎产二三只小羊羔。中年人听到消息后，送给他一只良种湖羊公羊。在家养殖湖羊又给艾海提家增加了二三万元钱的收入。

有了稳定的收入，两年后，艾海提手里积攒了好几万块钱了。他准备翻修房子。中年人听到消息后，又来他家喝茶聊天，给他出主意说：要修房子，就按防震安居房的标准修，这样，房子修好通过验收后，柯坪县政府会给一定数目的经济补偿。

艾海提高兴极了，对中年人的话言听计从。他雇人在家建房，就按中年人说的抗震安居房的标准修建了排场好看的大砖房。里面卧室、客厅、厨房、卫生间俱全。房子修好后，他又参照汉族人家的标准，到柯坪县城买来了全套的时兴家具摆在了各个房间。住在这样的大砖房里，不仅明亮、干净、卫生，而且冬暖夏凉。艾海提心情大好，居然在家里养起了花草，进入他的新房客厅，就能看到茶几上的鲜花，一股花香扑面而来。这些花草都是生长在村里道旁、田边的寻常野花，养在家里稍微养护一下，就生长得非常旺盛。这让时常来家里坐坐的那位中年人称赞不已。

房子修好不久，艾海提夫妇得到了柯坪县政府发给的建房补贴，整整 3.6

万块钱哪！建房投入的大部分资金补贴回来啦！

艾海提想想家里排场、漂亮的新房子，又看看手里领到的几沓崭新的钞票，仿佛进入了梦境，他喃喃地说："共产党好呀！做个我这个样子的中国人嘛，真的很幸福啊！"

艾海提想不到的好事情还在后面等着他呢！

由于城里人这些年兴起了吃鸽子汤养生的概念，村里很多人养鸽子赚了许多钱。艾海提也想养几对鸽子增加收入，但养鸽子这几年大火，一对种鸽要500元钱呢。艾海提由于盖房子买家具外加给巴郎娶洋岗子，手头有点紧。一时着急却没有办法，他将想法对来家里做客的那位戴眼镜的中年人说了。过了几天，中年人就给他送来了10对优良肉鸽。

艾海提握住中年人的手，激动得不知说什么好。只是喃喃着：兄弟，你是我的亲兄弟呀！

他和这位中年人认识交往已经好几年了，他还没有问过他的名字，这时想起了这件事，就问他："兄弟，你叫什么名字，在哪个学校教书呀？"

中年人对他说："我叫柯旭，在柯坪县委上班。这些都不重要，重要的是，大哥你说说，我算不算你的兄弟呀？"

艾海提紧紧抓住他的手，流下了眼泪，哽咽着对他说："算！算哪！你是我好好的……亚可西的兄弟啊！"

去年，艾海提的巴郎儿媳分到了村里建造的扶贫蔬菜大棚，收入又上了一个台阶。

也是在去年，他的大砖房里接通了来自遥远的温宿的甜水，从此，结束了几千年来像艾海提这样的千千万万柯坪人只能喝苦咸水的历史。

这样的水，做出来的柯坪的羊肉更鲜美，柯坪人的胃在这样的甜水滋润下，地方病减少了20%。

午休过后，艾海提老汉精神抖擞地来到蓝色大棚下，在平整干净阴凉的水泥地坪上，和老伴扎起了芨芨草扫把。如今，他的扫把已经非常出名了，在汉族亲戚柯旭的帮助下，和许多单位签订了供货合同，卖到了许多地方。

艾海提老汉和许多柯坪百姓一样，在党的强有力的扶贫政策和柯坪基层扶贫干部的帮助下，迈步走上了小康之路。

第二节　玫瑰花开幸福来

在南疆，在柯坪农村，不甘寂寞不甘贫穷的女人们也冲破古老的传统观念，走出家门，在党和政府的指导帮扶下用双手创造幸福的生活。

一

阿瓦古丽·卡德尔睡得正香，迷迷糊糊听到外面"咯咯咯咯嘎嘎嘎嘎嘎"的鸟叫声，这是一种不知名的鸟，每天都是这个时候开始叫唤，声音不是特别清脆，还略带沙哑。这足以打破黎明前黑暗时的寂静，紧接着鸽子也"咕咕咕咕"地叫了。阿瓦古丽·卡德尔每天都是这个时候在鸟叫声中醒来。她对这个鸟既讨厌又喜欢，声音不是优美悦耳，但每天都很准时。她想：你要是叫得好听些，我就更喜欢你了。

阿瓦古丽·卡德尔睁开眼睛透过窗户，看见外面还有点黑，她伸了个懒腰，然后双手合掌对着搓了搓，活动活动筋骨，捶捶胳膊，捏捏腿，得保证今天一天身体的活力。阿瓦古丽·卡德尔打开灯，看着熟睡中的两个小儿子，是那样恬静安然，红扑扑的脸蛋像个大苹果。"睡得真香！"她轻声自言自语，忍不住在两个孩子额头上亲了一下。家里的4个孩子，大儿子14岁了，在县城上初中。二女儿在柯坪湖州小学上四年级，今年11岁了，这两个孩子学习还行，不用大人操心。吃住都在学校，免学费，吃饭有补助。这两个小点的孩子一个上一年级，一个上幼儿园，也是免交学费，中午吃饭不要钱。每天早晨送到学校、幼儿园，就等于是送到了保险箱里，一整天都不用操心。这是以前做梦都不敢想的事，现在国家政府都办到了。

在阿瓦古丽·卡德尔愣神的时候，亚生托乎提·拜克醒了。他惺忪着双眼对阿瓦古丽·卡德尔说："天还早，再睡一会儿。"说着把阿瓦古丽·卡德尔搂过来。"不早了。鸟都叫了，鸽子也叫了。"阿瓦古丽·卡德尔说着挣脱了老公的胳膊，捋了捋头发。阿瓦古丽·卡德尔看着因劳作有些黑瘦的老公说："你再睡会儿，我先去挤奶。"亚生托乎提·拜克龇着牙嘿嘿一笑："还是老婆心疼我。"阿瓦古丽·卡德尔穿好衣服，洗漱完毕扭着结实健壮的身体出去了。亚生托乎提·拜克看着老婆出去也没有了睡意。心里想：这个女人现在就跟个小机器似的，每天不停地劳动，她咋有那么多的力气呢，以前只在家做做饭带带孩子都是没精打采的，现在这么忙，反倒更精神了。

阿瓦古丽·卡德尔来到牛圈，两头大牛噌地站了起来，冲着她"哞，哞"地叫了两声，三头小牛在一旁懒洋洋地卧着。阿瓦古丽·卡德尔走到牛跟前，拍了拍牛头，又摸了摸牛背。这是她跟牛每天都进行的交流。这两头牛是最让阿瓦古丽·卡德尔欣慰的，每年这两头牛各生一个牛娃子，养上一年，就是一笔可观的收入。鲜奶、酸奶也是各收入 2000 块左右，自己家人还有鲜奶、酸奶喝，一家人身体都健健壮壮的。每天能挤 30 公斤到 35 公斤牛奶，送到山里亲戚的商店里代卖，每天一半酸奶，一半鲜奶。鲜奶 4 元一公斤，酸奶 2.5 元一碗。所以阿瓦古丽·卡德尔像照顾孩子一样照顾这两头牛，非常精心。

阿瓦古丽·卡德尔牵出一头黑白花奶牛拴在外圈。外圈是挤奶、喂草、饮水的地方，里圈是牛休息的地方。拿过牛奶桶放在像两个大水袋一样的牛乳下，阿瓦古丽·卡德尔开始了一天的第一项工作——挤奶。阿瓦古丽·卡德尔两手轻轻地从上向下捋着牛乳，轻轻地哼唱着歌。奶水就像是喷枪里的水嗞嗞地直喷桶底，发出砰砰的声音，这声音在阿瓦古丽·卡德尔听来是最动听的音乐了。牛静静地站在哪里听着歌，忘记了甩尾巴。和牛同处一室的鸽子在头顶上飞来飞去的，咕咕咕咕地叫着。

　　阿瓦古丽·卡德尔是聪明的，家里的庭院经济实行的是立体养殖，所以那50只鸽子同牛做了邻居。牛在地上，鸽子在棚上。她让老公把亲戚、邻居家不用的旧锅具都拿回来，锅边打上孔洞，穿上铁丝，吊在牛棚上面，铺上麦秸，给鸽子做窝。鸽子还挺享受，下蛋孵化鸽子娃。后来旧锅具用完了，窝还是不够，鸽子们之间经常发生抢窝大战，战斗的鸽子经常是头破血流，两败俱伤。阿瓦古丽·卡德尔就在巴扎上捡一些卖菜卖水果不用的塑料框子，同那些锅具一样吊在牛棚上。有白色框子、粉色框子、灰色框子等等，牛棚上面五颜六色，好不热闹啊。鸽子再也不用抢窝了，和睦相处。

　　鸽子是自然界里最崇尚爱情的动物了，它们奉行的是一夫一妻制，成鸽对配偶是有选择的，一旦配偶后，它们就亲密地生活在一起，共同筑巢，孵卵，哺育儿女，守卫巢窝。如果其中一个遭受不幸或飞失，另一个很长时间都是郁郁寡欢，需要很长时间才重新寻找新的配偶。鸽子生性洁净，不喜欢接触粪便和污土。阿瓦古丽·卡德尔就让老公在牛棚上吊一些横杆，供鸽子休息或梳理羽毛。还在牛圈一角用大盆子盛满水供鸽子洗澡。鸽子的繁殖力特别强，每个月产蛋两枚，就开始孵化。这个期间饲养上就得下功夫了，阿瓦古丽·卡德尔就按粗细营养搭配饲料了。为了控制鸽子的数量，阿瓦古丽·卡德尔每隔一个月就偷偷地拿走一部分鸽子蛋去巴扎上卖掉。鸽子蛋口感细腻，营养丰富，五块钱一枚很好卖的。现在的有钱人讲究养生，鸡蛋太大吃多了怕胆固醇高，鹌鹑蛋太小，于是就专门买鸽子蛋。早上打两个荷包蛋再吃点包子，一整天都是元气满满的。每个月都有鸽子出栏，她就拿到鸽子餐馆卖给他们15只或21只。阿瓦古丽·卡德尔养的鸽子肥嫩，很受欢迎。

　　牛奶挤到大半桶的时候，阿瓦古丽·卡德尔停止了挤奶，要给牛娃子留上一点饭的。于是她牵回这头牛，再牵出另一头牛。每天早上，阿瓦古丽·卡德尔挤奶要花上个把小时。挤完奶，提回房子里，她拿出比针眼还细的纱布蒙到奶桶上，让中间部分下凹，这样倒奶的时候不至于溅出来。她把杂质过滤掉，留了一桶做酸奶。

这时候，亚生托乎提·拜克也起床了。他们夫妻把鲜奶装上车，又把昨天做的酸奶装上。那是一个铁皮箱子，里面有 3 层，每层有 10 碗左右，每天都差不多是这么多。

亚生托乎提·拜克骑着车迎着朝霞，蹚着露珠向山里走去。阿瓦古丽·卡德尔把酸奶一碗一碗地做好，等明天发酵好了再送到山里亲戚家的商店，然后，再把那两只挤奶的空桶洗刷干净晾起来。因为牛奶容易滋生细菌，每天必须洗刷干净。干净卫生是自家酸奶、鲜奶被乡亲们接受的重要原因，马虎不得。

这时候，阿瓦古丽·卡德尔 75 岁的老妈妈起来做饭了。趁着这个时间，阿瓦古丽·卡德尔又来到牛圈，把牛粪除出去，牛舍打扫干净。给牛拌上草料，饮水槽接满水，给鸽子撒上苞谷，每个鸽子窝都得巡视一下，鸽子娃是否健康，又下了多少蛋，都做到心里有数。这些活又累又繁琐，阿瓦古丽·卡德尔却干得乐此不疲。

回到屋子，妈妈已经做好了饭。孩子们吃过饭，阿瓦古丽·卡德尔把小点的孩子送到本村幼儿园，另一个跟着姐姐一起到柯坪湖州小学。大女儿四年级，比较省心，能照顾上一年级的小妹妹了。儿子在县城上初中，住在学校，星期六、星期天回来，也很省心。送完孩子，阿瓦古丽·卡德尔就去盖孜力克镇的诺顿服装厂上班了，她要在厂里度过忙碌而快乐的一天。

2019 年 6 月 9 日，我们来到了阿瓦古丽·卡德尔的家。院子里整洁干净，地面已硬化成水泥地，院子一边有一个长三四米，宽两米多的小园，砖块垒砌的花墙，里面种着青菜和南瓜。青菜绿油油的，南瓜昂扬地长着，肥大的茎叶已爬上了架子。边上是自来水管，浇菜很方便。水管就在牛圈外面，每天饮牛接上水管打开水龙头即可。"有了甜水，我们再也不喝苦咸水了。安装的自来水管太方便了，不用我一桶一桶地提水啦。"阿瓦古丽·卡德尔高兴地说。走进牛圈，两条大牛正安详地卧在地上，嘴里倒刍着草料。一个小牛犊在活泼地跳来跳去，另一个大一点的和最小的都卧在大牛左右，那头最小的牛见有生人进来警惕地噌一下就站了起来，瞪着大眼睛望着我们。头顶上一群鸽子在咕咕叫着，飞来飞去。牛圈里热闹，一改寂静的场景。

亚生托乎提·拜克把我们一行人让进房子里。客厅里的干净、整洁、亮丽让我们眼前一亮。地面上铺着红色、褐色组成的花形图案的皮革板。客厅被一张硕大的客桌占据半边。桌上铺着灰白相间的花形的塑料垫子。桌子周围能坐十几二十个人，靠墙的椅子上铺着软实的棉垫。坐在客厅就能对各个房间一目了然。因为每个房间的门口都挂着半截透明的纱幔。白色的细纱透着亮，下面坠着明亮的小珠串。透过纱幔可看见床铺上铺着红色的毛毯，床边上围着白色绣着花的床围子，依然是干净整洁的。洗手间里的地面、墙面都贴着瓷砖，热水器挂在一边的墙壁上，洗衣机在热水器斜对角的地方。

我们同亚生托乎提·拜克聊着，他会说一点普通话，但大多数都由翻译帮忙。阿瓦古丽·卡德尔进进出出地忙活着，一会儿端进来鲜奶，一会儿又端进酸奶、油馓子、馕，倒茶水，细致周到地拿来汤匙，方便吃酸奶。我们尝了一下，酸奶味道真的很纯正。

亚生托乎提·拜克说着家里的情况：家里 7 口人，4 个孩子，还有 75 岁的老岳母，家里人均收入已达到 7150 元了，到年底有望达到 1 万元。其实在进屋子的那一刻我就惊奇了，这家人不但脱了贫，而且快达到小康了。我们刚一问他就如数家珍般地一一说出来了：首先，亚生托乎提·拜克是护林员，每月有 830 元工资。问到具体干一些什么活，他说："看虫子，看砍树，草劳动，水劳动，秋天那个石灰劳动，树好嘛，我好好劳动有。"我们听得似懂非懂，翻译又重新说了一遍：查看树有没有虫子，有没有被偷砍掉，再就是锄草、浇水，秋天刷石灰防虫，好好干活了，树长得好了。亚生托乎提·拜克带着骄傲的口吻说道。这是政府把他作为贫困户给安排的工作，他很珍惜这份工作，说一定得好好干才对得起政府。

盖房子政府补贴 4.75 万元，牛圈补贴 5000 元。家里收入的项目很多：有 2000 棒的黑木耳，两到三天采摘一次，每次有 1000 公斤，公司收购，一年有 2 万元收入。还有 1.5 亩的大田地，以入股分红的形式加入合作社，还可以在里面打工，预计有 1 万元的收入。家里还有个 60 平方米的菜棚，种的是西红柿，有技术员来教授技术，西红柿长得好，结得多，预计有 5000 元的收入。还有 15 只羊，山里的亲戚帮忙养着。5 头牛，两大三小，3 头小牛长大也是一笔大收入，鲜奶、酸奶各有 2000 元收入。还有 50 只鸽子，收入都很好。

亚生托乎提·拜克笑眯眯地说着：以前我们全家干一年也就五六千块钱。现在政府帮忙搞事业，我们有钱了，生活着高兴。阿瓦古丽·卡德尔也在一旁说：她除了喂牛挤奶，还在诺顿服装厂工作，每月有 1000—1500 元的收入。我们很奇怪，家里这么多事，她怎么忙得过来。她说那些活都是趁着厂里中午休息的时候干的，虽然又忙又累，但心里还是高兴。孩子大了都去上学了，自己就去外面找工作，就找到服装厂，服装厂的活很适合自己，很开心。

我们离开阿瓦古丽·卡德尔家的时候，她家的南瓜花正像个喇叭一样旺盛地开着。

二

今天星期五，是阿曼古丽·艾合买提这一星期赶的第五个巴扎（集市）。盖孜力克镇巴扎真是热闹，这是属于全乡人的大聚会。停车场里停满了各式各样大大小小的车。马车、毛驴车占一排，电车、摩托车停一排，小车一排，中小型货车又是一排。

市场上闹哄哄的，人来人往。你会闻着香气来到小吃市场，这边烟雾缭绕，各种香味扑鼻而来，刺激着味蕾。透明光滑的豌豆凉粉，配上黄瓜丝，浇上维吾尔族特制的辣椒油、老陈醋，微微的辣味伴着醋的酸爽，舒服极了。大快朵颐的油炸鱼块，在油锅里翻滚，捞出来的鱼块焦黄的颜色令人垂涎，吃到嘴里外焦里嫩，鱼香味、油香味混合在一起，让人感到最大的满足。一个个大烤鱼被红柳枝穿着直挺挺地立在烤鱼转盘上，中间的炭火发着微红，但温度极高。传统的烤羊肉串是必不可少的。烤炉上烟雾缭绕，炭火刺刺啦啦的声音诱惑着来往的人们……农业市场嘛，当然少不了各式农具。砍土曼、锄头，大小个式随心意挑选，驴车、马车及其装备也是应有尽有。小饰品这边是女娃的乐园，金银饰品闪闪发光，手链、耳坠、项链样式繁多，挑得人眼花缭乱。各式头花、发卡诱惑着爱美的维吾尔族女性们。最热闹的是服装布匹区域。男女老幼在挑选自己心仪的服装布匹，长长的艾德莱斯绸缎挂在高高的货架上，从上面垂下来，很是壮观，颜色花形都很美丽，透纱的，不透纱的，薄的，厚的，花色吸引着人们的目光。黑底兰花素雅，白底粉花素雅清丽，红底黄花奔放自然，成衣服装区新颖，靓丽的服装让人应接不暇。

这里有一位童装摊主尤其引人注意。她漂亮开朗，笑容始终挂在脸上。你看她从容耐心地取衣服，调换衣服，讲解价钱。这位摊主就是阿曼古丽·艾合买提。顾客满意地拿着衣服走了，阿曼古丽·艾合买提舒心地把钱装进口袋，又赶紧招呼下一位顾客。看到在摊位前犹豫的顾客她就主动打招呼，让人进来挑选适合孩子的衣服。阿曼古丽·艾合买提的摊位在市场上是生意最红火的，她年轻漂亮，性格活泼，又有耐心，给不同的孩子都能搭配出适合他们的漂亮衣服，顾客们也都很相信她的眼光。她家的衣服样式新颖，颜色亮丽，很受孩子们喜爱。那些做母亲的更喜欢这里的衣服，价钱不贵，几十元钱一套，就把孩子打扮得漂漂亮亮，自己也很有面子。炙热的太阳烘烤着大地，棚子下面的摊位如同一个大烤炉，口干舌燥的她也顾不上喝一口水。临近下午，人渐渐稀少了，阿曼古丽·艾合买提才有了喘息的空。她去吃了一碗凉粉，填一下肚子。今天销量不错，阿曼古丽·艾合买提很高兴，又去买了一些孩子们爱吃的零食小吃。人们渐渐散去，阿曼古丽·艾合买提开始整理打包衣服。这是一项繁琐的工作，男童装女童装得分开，不同年龄段的也都分清，边整理边等老公过来接她。这期间有顾客来询问、试衣，即便顾客看上的衣服已打包，她也取出来让人家试穿。阿曼古丽·艾合买提的老公帕尔哈提·阿不力米提来了。夫妻俩合力把大包小包装上车，向家走去，一路上她跟丈夫说着今天的收入和今天见到的趣事，洒下一路欢声笑语。一年四季就是这样风里来、雨里去的，但这样的生活阿曼古丽·艾合买提很满足，虽然苦点累点，日子却富裕起来了。

阿曼古丽·艾合买提同老公帕尔哈提·阿不力米提是通过易地搬迁工程来到这里的。2017年，柯坪县根据国家、自治区、地区关于开展异地扶贫搬迁的各项政策和安排部署，强化担当，精准施策，狠抓落实，扎实推进，实现了当年实施建设，当年竣工验收。2018年，通过进一步加大对搬迁群众后续产业的扶持力度，基本实现了"搬得出，稳得住，有事做，能致富"的目标。全县易地搬迁工程共有104户人家、543口人。涉及2个乡（镇），其中阿恰勒镇幸福村集中安置96户、488人，盖孜力克镇苏贝西村安置8户、46人。2017年之前，阿曼古丽·艾合买提全家总共才3亩地。根本不够一家人的吃喝用度，阿曼古丽·艾合买提就在巴扎上卖凉皮、凉粉赚个零花钱。老公帕尔哈提·阿不力米提做临时工，有时在食堂帮工，有时干别的，收入极其不稳定，日子过得是紧紧巴巴。他们一家是最迫切需要脱贫的人家了。2017年，阿曼古丽·艾合买提一家赶上好时光好政策了，作为贫困户搬迁到了盖孜力克镇苏贝西村。

我们一进到她家屋子就被惊艳到了。屋子里干净整齐，漂亮的大落地窗帘把明晃晃的阳光遮挡在外面。绿油油的绿植盆栽正旺盛地生长着。超薄的大液晶电视端坐在漂亮的电视柜上。大大的茶几上摆放着馓子、干果核桃，茶几周围是刻花镂空沙发。地面上铺着酱色花形图案的皮革地板。我惊奇地说：这也不是贫困户啊。翻译忙解释说：他们家已经脱贫了。哦。原来是已经脱贫的，还以为进错人家了呢，快给说说怎么个情况吧。

阿曼古丽·艾合买提一家都会说一些普通话。我们进到屋子的时候，帕尔哈提·阿不力米提正在看电视上的汉语频道，电视上的广告说得简单而热烈，他看得津津有味。家里的情况帕尔哈提·阿不力米提用汉语给我们做介绍，实在说不出来的再由翻译帮忙。

我们搬到这里以后，盖房子政府给补贴4.75万元，盖羊圈补贴5000元，给我们每一家分25亩土地，土地又按每亩400元流转出去，我们一年收入1万元，还有1亩果园菜地，小拱棚菜地种上早春晚秋的青菜，一年收入1000元。政府对我们进行普通话培训、技术能力培训。鼓励我们出去找工作上班。现在我在阿恰勒镇的加油站工作，一个月工资3000元。以前没有技术，汉语也不会，只能干临时工，钱也不多，还是一天有钱一天没钱的。现在好了，天天都有钱。帕尔哈提·阿不力米提满脸笑容地说。

你老婆干什么工作？我们问道。

她在巴扎上卖儿童服装。盖孜力克镇巴扎、阿恰勒镇巴扎、玉尔其乡巴扎、启浪乡巴扎、柯坪镇巴扎，一天一个巴扎。星期六、星期天在家照看孩子。她也是一个星期休息两天，上班五天。这话说得我们都笑起来了。每天我开车送她去，上夜班的时候，送完她我就回来休息，上白班就早早地送去，我再回来上班。孩子小的时候在家管孩子，现在孩子上学了，家里钱也多了一点（有余钱），就当本钱。她也干个事，家里收入就多很多。

你们孩子上几年级？我们问。

大的孩子8岁，上二年级，小的上幼儿园。早晨送去，晚上接回来，中午在学校吃饭，都是政府补助的，吃饭免费，上学免学费，我们太高兴了。

我们交谈的时候，阿曼古丽·艾合买提就站在我们身后，偶尔也做一下补充。

我们现在吃的都是干净的甜水，以前的水苦咸，喝了以后肚子不舒服。现在好了。房子也大了，窗户也亮了。电也很好，冰箱、洗衣机都很好，冬天有暖气，不烧炉子了，以前烧炉子满屋子都是灰土烟气，现在不是那样子了。电热水器洗澡，家里干净，人也干净。阿曼古丽·艾合买提说着比划着，满脸都洋溢着幸福。我们还发现，她家洁白的墙面上贴着她家大孩子的普通话奖状，挂着阿曼古丽·艾合买提跟两个孩子的合照。她们笑得正灿烂。

不早了，我们起身告别，在阿曼古丽·艾合买提家的院子里，我看见一排向日葵花迎着太阳开得正绚烂。

三

在柯坪县苏巴什水库大坝北侧山后的县良种场观湖景区，海利利克然木忙得不亦乐乎。他在忙什么呢，忙着巡逻，兼带烤羊肉串。水库建成了，是柯坪县，乃至阿克苏地区的大事，很多人来参观，游游转转就饿了。海利利克然木每天在水库上巡逻检查，他看到了商机，就把羊肉烤炉搬到景区上来。巡逻完，就开始烤肉。忙不过来的时候，打个电话，老婆姑苏如克·阿依普就骑着电动车来了，帮忙穿肉，擦桌子，招呼客人。像个陀螺，转个不停。这在2017 年之前，打死她也不会出来的。她认为女人就是干家务的，外面挣钱是男人的事。

2017 年以前，姑苏如克·阿依普家是重点贫困户，她只知道在家带孩子种地，最远的地方就是去到盖孜力克镇的巴扎上。由于种地没技术，水源也不好，地里没有产量，导致她家就成了重点贫困户。

那时候，浙江援疆干部黄群超指挥长经常去她家帮助他们解决困难，给她家送米送清油，解决燃眉之急。孩子学习上不会的，也帮忙辅导。现在黄指挥长不在了，每当想起的时候心里还是不舒服。

后来，盖孜力克镇建了工厂，村子里的人都去工厂上班了。村里干部对姑苏如克说，也想让她去上班，并且给她留了工位。姑苏如克·阿依普对此很反感。听别人说工厂很大，人也特别多，相互之间都不认识，她就更不想去了。工厂里干的活从来都没听说过，就更别说干活了，还不如在家干地里活轻松呢。她的这个情况，扶贫干部们看在眼里、记在心上，轮番来做她的思想工作。就是在那时候她家成了村干部阿依古丽·艾麦尔的帮扶对象。

　　阿依古丽·艾麦尔第一次来到姑苏如克·阿依普家的时候，心里就非常不舒服。院子里乱七八糟，柴禾乱堆乱放，抬脚走路，虚土就钻进鞋子里了。房子还是原来的土坯房子，窗户小小的，一进到房子里黑咕隆咚，啥都看不见，得过一会儿适应一下才行。大铺炕上也是土，巴郎子们在上面玩耍，屋子里都是尘土，墙面上也是黑黑的。

　　阿依古丽·艾麦尔也不讲大道理，从实际出发。最大的问题就是房子得重新盖，村上已经没几家这样的房子了，别人家的院子里都是硬化的，有的是水泥地面，有的是砖铺地面，房子高大，窗户明亮，房子里面干净卫生，吃饭有餐厅，做饭有厨房，做饭不烧柴禾了，而是液化气、电炒锅。做饭的人也不用遭受烟熏火燎的了。阿依古丽·艾麦尔又带着姑苏如克·阿依普去了自己的家，让姑苏如克·阿依普感受大房子、干净院落的舒适，带她到村上富裕人家去聊天，从生活的点滴启发开导姑苏如克·阿依普。

　　终于，姑苏如克·阿依普为了改变家里的状况，答应去工厂上班。这就对啦嘛，一个家庭得两个人都上班挣钱才行，指望一个人开销不够啊，什么时候才能致富呢？

　　内向不爱说话的姑苏如克·阿依普连连点头，承认阿依古丽·艾麦尔姐姐说得有道理。阿依古丽·艾麦尔很高兴，终于说通了！她说第二天陪着姑苏如克·阿依普一起去袜子厂上班。

　　第二天一早，阿依古丽·艾麦尔就高高兴兴地来到姑苏如克·阿依普家里。她比自己去上班还要高兴。进到屋子，看到姑苏如克·阿依普一脸忧愁，海利利克然木气哼哼地站在一边。

　　阿依古丽·艾麦尔吃了一惊，以为海利利克然木同姑苏如克·阿依普吵架了呢。开口就说：你怎么这个时候跟姑苏如克·阿依普吵架呢？她已经愿意去上班了。

海利利克然木气愤地说：我没吵架，是她又不去上班了，我劝半天了，也没说通。

啊呀，怎么回事，昨天答应好好的。阿依古丽·艾麦尔摸不着头脑了。只好耐着性子了解情况。

我没干过那个活，不会干，别人要笑话我的，姑苏如克·阿依普忧愁地说，那里的人我都没见过，不认识，人家不理我，没人跟我说话的。

一听这个理由，阿依古丽·艾麦尔笑起来了。我们以前认识吗？

不认识。

现在认识吧？

认识。

认识就行了，人和人都是从不认识到认识，有个过程。那里的老板很好，工人也很好。去了就有人教你怎么工作，都是慢慢学会的，别担心。姑苏如克·阿依普还是无动于衷。

这样吧，先去试试，确实不行了，你再回来。

行吧，我去试试。姑苏如克·阿依普想了想说。

到了袜子厂里，厂长热情欢迎，工人也都热情地同姑苏如克·阿依普打招呼。姑苏如克·阿依普如释重负。有师傅过来教她怎么干活，她其实挺聪明的，一教就会了。

袜子厂计件工资制。第一个月干得慢，挣了几百块钱。这让她高兴不已，从没想过自己也能上班挣钱了。第一个把消息告诉了姐姐。阿依古丽·艾麦尔也替她高兴，第一步确实迈得不容易啊。

后来越干越快，工资由原来的几百块涨到了 2000 多块。再加上海利利克然木在水库上班的工资，一个月有四五千了。2017 年她家就脱贫了。他们除了花销，剩余的钱都存起来，准备盖房子。秋天的时候，盖房子的钱就攒够了，政府给补贴4.5万元，旧房子拆掉，新房子立起来了，那段时间，虽然累，可姑苏如克·阿依普是最高兴的。

第二年挣的钱，买了新的家电，新的厨具，做饭用上了液化气灶，电蒸锅，院子里硬化了路面。

2019年6月8日。我们一行人来到了姑苏如克·阿依普的家，她老公海利利克然木在苏巴什水库上班不在家。不是亲姐姐胜似亲姐姐的阿依古丽·艾麦尔在她家，兼当翻译。

进到家里，院子干干净净，砖块铺的地面洁净无土。房子高大、宽敞、明亮，隔音的密封窗户，明晃晃的，可以当镜子用了。一进门，里面整个半边一个的床铺，铺着漂亮的毛毯。右手边的一间房子是餐厅，一个长方形的高桌子。桌子上摆着一盆水栽盆植，正开着淡淡的白色花朵，猛地一看以为是假花呢，花朵和花叶几乎透着亮。原来是爱干净的姑苏如克·阿依普擦得太干净了。桌子后面是自己做的凳子，盖上盖子就是凳子，打开就是储物柜，一物两用，很方便。靠前的那两面也是柜子，米、面、清油、碗筷都在里面，既让屋子整洁了，也最大程度地保持了厨具的卫生，柜子上面一个电饭锅洁净如新。两盆啤酒树还是幼苗，但长得很旺盛。再里面就是卫生间。洗衣机在一角，热水器在便池的上方。

姑苏如克·阿依普急慌着往桌子上端馓子、倒茶水。我们边交谈边打量着屋子。

你老公现在做什么工作？

在水库做保安巡逻员，一个月工资2500元。有游人的时候烤点羊肉串。有时候我也去帮忙。

你不上班吗？

由于美国增加关税，袜子厂受到影响，所有人都回来了。现在也天天干活，有 150 元，或 200 元。阿依古丽·艾麦尔解释说：她现在不在家了，在家没有钱。在外面天天有钱。

袜子厂不去了，就只干零活吗？

不是的，我们给她找了幼儿园打扫卫生的工作，一个月有 1500 元工资。

她愿意去干吗？

她很高兴去，她现在不高兴休息了，休息嘛，钱没有啦。以前嘛，哪个地方也不去，现在都去，不害怕了，在阿克苏工作她也去。你看，她现在屋子大大的，亮亮的，盖房子政府给 4.75 万块钱。以前的土块屋子小小的，黑黑的，破破的。来她家的时候，看到那样，我也很不舒服了。现在做饭用液化气、电饭锅，没有烟气，没有土，屋子也是干净的，衣服也是漂亮的。

她家几个孩子？

3 个孩子，大的在阿克苏一中上初中，14 岁；第二个 9 岁了，在盖孜力克镇小学上二年级；最小的在村子幼儿园。现在好了，上学免费，吃饭免费，她是高兴的。

他们上班，她家的地怎么办？

她家 12 亩地，拿给别人种 7 亩地，一亩地 400 块钱（流转出去）。她公公种 5 亩地。他们就天天上班。现在，他们都有保险，看病也不害怕（担心）了。报销 95%。他们高兴了。她现在天天都感谢党，感谢政府。

他们家是浙江援疆干部黄群超指挥长援助扶贫对口之家，我们说到这个话题时，阿依古丽·艾麦尔和姑苏如克·阿依普都神情凝重起来。

姑苏如克·阿依普说着，阿依古丽·艾麦尔翻译着。

黄群超指挥长是好人，太好了！家里困难帮忙，给大米、清油，给钱，娃娃学习不会了，帮忙。说有困难找他。

黄指挥长去世了，她和她老公狠狠（痛苦伤心难过）地哭了，我也狠狠地哭了。阿克苏追悼会我们都去了，很多人都是狠狠地哭了，狠狠地！我们心里记着他。说着的时候，她们俩眼里泛着泪花。

是啊，一位鞠躬尽瘁，为新疆的援建事业献出生命的人，我们怎会忘记呢？黄群超指挥长生前留言：不是每一朵花都能盛开在雪山上，雪莲做到了；不是每一棵树都能屹立在戈壁滩，胡杨做到了；不是每一个人都能来援疆，我们做到了。

外省来援疆的人都把脱贫致富新疆当成一生的事业，我们新疆人有什么理由不好好干呢？还好，新疆人没有辜负黄部长。

农村人的居住环境改善了，人们现在吃饭在桌子上了，睡觉在干净的大床上，娃娃写字不再趴在炕上，改在桌子上看书写字了，男人女人出去努力工作挣钱了。黄指挥长地下有知，应该会笑了吧。

在姑苏如克·阿依普家的墙上贴着一张宣传画，上面是中国红的底板，习主席温和地看着前方，鼓着掌。在主席旁边写着6个大字，"中国梦 复兴梦"。6个大字的下面是3行小字："中华民族的昨天，可以说是'雄关漫道真如铁'。中华民族的今天，正可谓'人间正道是沧桑'。中华民族的明天，可以说是'长风破浪会有时'。"对于这些文字她们可能不认识，这句话的意思干部们一定告诉过她们，不然她们怎么会克服重重困难，行走在致富奔小康的路上呢？看着姑苏如克·阿依普在一旁腼腆地笑着，我们也为她高兴。临走的时候，我给她们姐妹照了一张合影，她们手拉着手，笑颜如花。

四

清晨，一缕霞光照在古丽巴哈·艾合买提的二十几平方米的靓发屋，散发出了五彩光芒。靓发屋里挤满了漂亮的姑娘，唧唧喳喳说个不停，像是一群麻雀发现了新奇事一样。今天看来是要忙到很晚了。但古丽巴哈·艾合买提心里是高兴的，一是为新娘高兴，二是为自己的腰包高兴。要是天天有新娘来化妆，她情愿不吃不喝不睡觉也要把新娘打扮得漂漂亮亮的。

今天的这个新娘很特殊，竟然有六七位闺蜜陪伴，真是让人羡慕嫉妒呀！新郎可是要小心了，新娘不能惹啊，一人一句话，那唾沫还不得跟下雨似的。我在胡乱想什么呢？古丽巴哈·艾合买提情不自禁地摇着头笑了起来。所有来的顾客在她眼里都一样，都要做成美丽的艺术品。古丽巴哈·艾合买提一边仔细端详这位新娘的脸庞，一边听取伴娘们的意见，怎么才能做到让新娘最漂亮？她在脑海里构思着。眉毛、眼线、腮红，这些都是重点细节，用什么颜色的口红，根据脸形画浓妆还是淡妆，搭配什么样的礼服都要考虑周到，只要是艺术品就不能马虎。再说了，这就是最好的广告了。做得好了起到好的反映效果，做得不好也会传出臭名，古丽巴哈·艾合买提深深懂得这一点。所以，每位顾客她都像对待上帝一样，小心翼翼，不敢有半点马虎。古丽巴哈·艾合买提非常喜欢现在的工作，每次给顾客化完妆，做完盘头，那种满足、雀跃、愉爽的心情无法用语言表达。当然，钱包也鼓起来了。

全部做完已经下午了。所有的人都在夸新娘漂亮，夸她的技术好。说得古丽巴哈·艾合买提都不好意思了，心里却甜得像是喝了蜜，美滋滋的。

现在的日子确实好过了，古丽巴哈·艾合买提始终没有忘记过去的生活。家里9口人，只有不到9亩地，家里最困难的时候连50块钱都没有，现在又是个处处需要钱的时代，只有厚着脸皮找亲戚借。借来的钱是要还的，亲戚家也不容易。为了改变家里贫困的生活状况，结婚后的古丽巴哈·艾合买提一直在县城的美容美发店里打工。由于没有技术，只能干一些边边角角的零碎活，繁复杂乱，而且工资也不高。但古丽巴哈·艾合买提是个心灵手巧的姑娘，稍有空闲，她就会站在边上，看那些师傅怎么操作。每当看见师傅给顾客化完妆，或者做完头发，她也会由衷地感到高兴。古丽巴哈·艾合买提越来越喜欢这个工作了。

2018年，柯坪县在24个深度贫困村实施"靓发屋"项目，帮助那些有创业就业意愿，爱好美容美发行业的贫困妇女。这让正在犯难的古丽巴哈·艾合买提燃起了希望。自己喜欢这个工作，却苦于没有技术，没有资金，想干却干不起来。于是古丽巴哈·艾合买提积极申请，乡村核查公示。于6月份，县妇联把1万元的美容美发设备发放到位，县妇联的同志帮忙选"靓发屋"的地址，挑选合适的铺面。县妇联又把古丽巴哈·艾合买提介绍到专业的技术学校进行了两个月的专业技能培训。由于有基础，她本人又心灵手巧，很快学习回来，信心满满。

"我一直都有一个梦想，就是有一间美容美发店，非常感谢妇联让我实现了这个梦想，还配发美容美发设备，让我学到了专业的技术，我要通过自己的双手，尽快脱贫致富，请妇联放心，我一定用好'靓发屋'的设备，让村里的妇女美丽起来，也会带动村里的2到3名贫困妇女就业。"2018年7月，在柯坪县妇联在玉尔其乡上库木力村举行"美丽阳光靓发屋"公益项目发放仪式上，玉尔其乡托马艾日克村的"靓发屋"受益人古丽巴哈·艾合买提激动地说。

柯坪县妇联"美丽阳光靓发屋"公益项目发放仪式在玉尔其乡上库木力村的举行，也标志着全县14个深度贫困村的"靓发屋"正式投入使用。

地区妇联党组书记、副主席王君玉在"靓发屋"项目发放仪式上，对县妇联和妇女群众提出殷切的希望：希望"靓发屋"项目不仅让妇女们从"头"美丽起来，更净化心灵，美化家庭，让每个家庭在争做最美家庭、最美庭院过程中生活更加美好，让更多的妇女同胞们美起来，让妇女姐妹们从"头"上的美丽找到自信，促进乡村广大妇女树立"我能行"的意识，增强脱贫致富的意识，增强脱贫致富的信心，为建设美丽乡村贡献巾帼力量。

实现了梦想的古丽巴哈·艾合买提如鱼得水，经过半年时间的努力奋斗，收入就达到2万元。这让她欣喜不已。可是她并不满足现状，拿1万元留作家人生活费用，剩余的1万元做成本，买了高档化妆品和一些精致的女士皮包，小饰品放到店里，作为第二产业以增加收入。有些顾客看上了皮包、化妆品就顺便买走了。大家也都方便了。因为古丽巴哈·艾合买提热情开朗，技术又好，大家都喜欢到她这里来。钱像滚雪球一般涌进古丽巴哈·艾合买提的口袋。于是她又用余钱买了个美容床和整套的美容用品。给顾客文眉、文眼线、做睫毛，让妇女们更美丽起来。价钱嘛，都在大家的承受范围之内。

玉尔其乡托玛艾日克村的第一书记说："自从村里有了美容美发店，村里的妇女戴头巾的越来越少了，来做头发化妆的妇女越来越多了，真正做到了妇女漂亮的脸蛋露出来，美丽的秀发飘起来。从另一个角度来看'靓发屋'不仅仅改变了农村妇女传统的思想观念，妇女越来越注重内在素质和外在形象，也做到了家里一人稳定就业，带动全家脱贫。"

在古丽巴哈·艾合买提的店里发生一件趣事。一天，店里来了母女两人，女儿20多岁，母亲40多岁。古丽巴哈·艾合买提就准备给女儿化妆做头发呢，女儿却说给母亲做。母亲不好意思做，被女儿强行拉来的。原来那天是母亲生日，女儿掏钱给母亲化妆做头发，让母亲年轻起来，这是送给母亲的生日礼物。化完妆，做完头发，母女俩喜滋滋地逛巴扎，竟被几个摊主说成是姐妹俩，母亲高兴了好长时间，引得亲戚们也要来美容美发。这恐怕是女儿送给母亲最好的礼物了吧。这也是古丽巴哈·艾合买提最自豪的事情了。

来到古丽巴哈·艾合买提的靓发屋，就给人一种眼前一亮的感觉。民族特色的化妆台上，摆满了各种化妆品，化妆台的两边是两面化妆镜，化妆镜前没有更多装饰，简单、明亮。反射的光使靓发屋里亮堂堂的。靠右边墙的大橱窗里是精美的项链、手链、发卡等饰品，还有精致好看的皮包；对面的橱窗里是精装的各种化妆品；橱窗边上方挂着漂亮的婚纱，白色粉色等不同款式，不同颜色。再往里面就是古丽巴哈·艾合买提自己开发的护理项目，房顶上方装饰着粉色丝带，使整个发屋充满了浪漫活泼的气氛。

古丽巴哈·艾合买提正在给一名年轻的女孩化妆。因为是近距离，古丽巴哈·艾合买提戴上了口罩。边上坐着一个刚刚化好妆的女孩正在看手机，妆容精致、自然。我一边打量着发屋，一边同古丽巴哈·艾合买提交谈着。

"发屋的收入怎么样？"

"很好啊，现在每天最少有 100 元，平时都是 400—500 元，做全套新娘是最高兴的事了，有 800 元的收入。"

"你结婚了吗？"

古丽巴哈·艾合买提笑起来了："我有两个孩子了，我今年 30 岁了。"

啊呀！现在的女孩子太漂亮了吧，我竟然没看出来。

"你孩子多大了？"

"都在幼儿园，一个上大班，一个上小班，早晨送去，晚上接回来。中午在学校吃饭、睡觉，都是免费的。我们省心、省事。"

"你老公干什么工作？他支持你的工作吗？"

"他在玉尔其乡做管道修理工，每个月有 2000—2500 元工资。以前家里 9 个人不到 9 亩地，没钱。现在我工作，钱有了，他支持我工作。"

边上看手机的姑娘也插话进来："以前不支持创业，现在有妇联在身后，不敢不支持，要是早点支持，我们早就挣上钱了。"姑娘好像有怨言。

"你做啥工作的？"我不禁问道。

"准备开个蛋糕店，过几天去学习糕点技术，很高兴！以后挣钱了，家人跟着享福，自己也可以买漂亮的衣服。"她说着，一脸的自信，"现在有妇联在我们身后，我们干什么事业都有信心。"

是啊，妇联就是我们女同胞的坚强后盾。

柯坪县盖孜力克镇色热托格拉克村的阿孜古丽·艾依提也是"靓发屋"项目典型的受益者之一。

阿孜古丽·艾依提所在地色热托格拉克村离县城 17 公里，四面环山，在 2014 年之前未通手机信号。她家里 5 口人，因土地稀缺，人均不足 1 亩地。在这种恶劣的生活条件下，阿孜古丽·艾依提不愿向现实低头，决然和丈夫商量，一定要走出大山，并在盖孜力克镇巴扎开了一间 15 平方米的妇女化妆用品店。一个月的收入仅够家人的生活费用。阿孜古丽·艾依提有股敢闯敢干的干劲，这让妇联的干部们决定给予"靓发屋"项目扶持。2018年6月份，当领到"靓发屋"设备时，她嘴里一直说："谢谢，谢谢！"她用4个月时间挣到1万元，又把店面由原来的15平方米扩大到65平方米，一年的时间就实现了脱贫，现在更有信心通过"靓发屋"项目的带动来脱贫致富，并带动周围的妇女成为自尊、自信、自立、自强的新时代女性。

2019年，在湖州市妇联的无私资助下，通过前期对项目的研究、设备采购、发放安装、试运营等，柯坪县妇女得到创业发展捐赠资金10万元。6月20日，柯坪县举行"靓发屋"项目发放仪式，全县受资助的10名"靓发屋"业主、妇女代表、各乡镇妇联主席、副主席等110人参加。

"靓发屋"店主代表古丽帕热·艾麦提做了代表性发言，她的妈妈激动地说："谢谢你们，给我女儿一个就业的机会，也给我们家脱贫带来了希望，我们会鼓励女儿好好干，等挣钱了以后，也会带动其他人来就业。"

县妇联把"靓发屋"项目作为妇女精准脱贫的有力抓手，项目秉承"促进妇女就业创业发展，共享现代文明生活"的宗旨，在贫困村里建"靓发屋"，将扶智和扶志相结合，一店1万元，实现2至3名妇女就业，引导各族妇女紧跟时代步伐，从"头"美丽，身心靓丽起来，实现对美好生活的追求，同时，推动妇女走出家门，走进店门，实现就业。

在24个深度贫困村实施"靓发屋"项目，其中2018年争取自治区资金建成14个，2019年湖州妇联援建10个，给每个"靓发屋"1万元经费支持，帮助购买设备。从选人到选址到设备的选购都严格把关，做到每个"靓发屋"项目点的帮扶对象实施者都有创业就业意愿、爱好美容美发行业，确保了精准帮扶的实效性。目前，24个"靓发屋"项目点经营状况良好，深受当地群众的欢迎和喜爱。项目实施以来，帮助32名妇女实现了门前稳定就业。其中12名为贫困妇女，影响带动了24户家庭的61名贫困人口受益，使她们不仅在经济收入上有了质的改变，而且不断满足着基层农村妇女对美好生活的向往。

县妇联在"靓发屋"项目实施过程中，积极引导广大妇女转变就业择业创业观念，积极开展技能培训，积极走出家门，融入社会，通过自己的劳动获得收入，改善家庭生活，提高家庭地位，带动更多的妇女在家门口实现创业就业，实现"要我行"到"我要行、我能行"的转折，争做自尊、自信、自立、自强的新时代女性。

在脱贫攻坚战中，许多维吾尔族妇女成长为自尊、自信、自立、自强的新时代女性。华丽的变身，勇敢地撑起了半边天，为建设美丽乡村贡献巾帼力量。有人说这些都是小人物小事情，有什么好说的。我要说的是，我们都是沧海一粟，普通大众中的一员。为了生活生存愿意去改变，不向现实低头，就值得一说，重要的是改变。

第三节　生命的摆渡人

一

在柯坪，杏树曾给我留下深刻的印象，走在简朴的街道上，随处可见枝叶婆娑的杏树上缀满黄杏，散发出香醇的气息，引得一群群蜜蜂嘤嘤地追逐。在前往南太湖杏林工作室的路上，我就一直在杏树的绿荫下穿行。杏的甜蜜在6月的风中如影随形，一路诱惑着我，忍不住摘下一颗，轻轻放入口中，甜蜜的汁液立刻在齿颊漫延，让我的心中充溢着幸福。后来，有人告诉我，柯坪盛产黄杏，尤其近年杏产业发展迅猛，已被冠以杏乡的美誉。

这真是一个甜蜜的季节，因为有了杏林。然而，在柯坪，还有一片并不结黄杏的杏林，它就像一棵将根深深扎在柯坪大地的杏树，纵然吮吸的只是苦咸水，它仍然用如盖的树荫洒下一片清凉，用如饴的果实为柯坪散香。

那就是我们正在前往的南太湖杏林工作室。

如果在柯坪，听到有人说："走，到杏林去！"那一定不是去真正的杏树林里摘吃黄杏，那一定是要去自遥远的湖州迢迢而来的援疆医生们倾力组建的南太湖杏林工作室去看病。

关于"杏林"一词，在柯坪县人民医院，我们听到这样一个温暖的故事，说的是三国时期有位和张仲景、华佗齐名的医生，叫董奉。董奉不光医术精湛，还心地善良，他看到附近的农民都很贫穷，甚至没有钱看病，就仔细观察了当地的自然环境，发现水土极其适合种植杏树，于是就鼓励人们种杏树致富。可惜大家对此都持怀疑态度，没有人愿意带头种杏树。董奉就又想了一个办法，在替穷人诊病时分文不取，只是每治愈一个重症患者时，要求其康复后必须在山坡上栽5棵杏树，每治愈一个轻症病患时，只栽1棵杏树。

此法果然奏效，董奉医术高超，治愈病人无数，多年以后，当地杏树已多达万棵，郁然成林。后来，杏树渐渐长大结果，人们就用摘下的杏子换成粮食，逐步摆脱了疾病和贫穷。久而久之，杏林也就成了医界的别称，杏林高手，便是用来赞扬有高尚医德和精湛医术的医护人员。

在柯坪人眼中，南太湖杏林工作室就是这样一片不结黄杏的杏林，驻扎在这里的湖州医生们就是一棵棵散发着馥郁芳香的杏树，他们用大爱、责任，以及作为医生的崇高的职业道德为无数的柯坪城乡群众摘除病痛，重拾健康。

2014年2月，浙江湖州援疆指挥部办公室，一群人热烈地讨论着，讨论的主题是如何改变柯坪落后的医疗状况，如何彻底解决长期以来柯坪群众看病难的问题。有人提出创办一个有别于医院，集培训、讲课、治病于一体的多功能医疗工作室，从根源上改善柯坪医务工作者队伍专业水平欠缺的现状。

同年3月，柯坪南太湖杏林工作室组建成立。湖州第八批援疆干部队伍中的5位医生，姬强明、李国栋、张赛英、闵辉、陈玉宝成为工作室的首批驻扎人员，这些热情而善良的湖州人，放弃了江南优越的生活、工作环境，不远万里，跨越天山，来到偏远而贫瘠的边城柯坪，只是为了培养更多的优秀医务工作者，为柯坪人民的健康献一份爱心。

从 2010 年 5 月湖州援疆指挥部成立到 2019 年，湖州援疆的步伐已迈过整整 9 年。9 年，多么漫长而艰难的时光，在这 9 年中，湖州援疆人倾注了大量的心血，为柯坪各个领域注入了新鲜的活力，让这个背负了多年贫困称号的边城发生了翻天覆地的变化。

而此时，南太湖杏林工作室亦已成立整整 5 年。

在这 5 年中，那些年轻的、中年的医生来来去去，变幻的是一张张微笑的面孔，不变的是一颗颗为柯坪的医疗事业无私奉献的热忱的心。

在这 5 年中，工作室先后挂牌成立了爱婴医院、孕妇学校、护理技能培训中心等基层医疗学习培训机构，开设无数场业务讲座及小课堂，采取"一对多"和"多对一"并进的带教方式，按照个性化的带教计划进行理论讲解，操作演练，技能培训。

通过这些全方位的培训教育，工作室把湖州先进的医疗技术和理念传送到柯坪医疗系统，带出一批批优秀的青年医生，打造了一支支崭新的人才队伍，大幅提高了柯坪医疗队伍的整体服务意识和业务技术水平。

柯坪偏远，常见病在县人民医院可以诊疗，一旦得了重病、疑难病，出远门看病则极为不便。"小病不出门，大病难出门"就是柯坪人常挂在口中的戏谑之言。针对这种情况，工作室积极搭建网络会诊的桥梁，与远在湖州医院的同事们一起为柯坪人民的健康保驾护航，诊治了多起疑难杂症。

难得的周末时光，工作室的医生们往往牺牲自己宝贵的休息时间，大力开展下乡义诊活动，往来奔波于柯坪县各偏远乡镇，为农牧民测量血压，诊治疾病，为基层卫生院送去药品和器械。

工作之余，这些援疆医生发现柯坪医疗领域多年以来存在的一些薄弱环节，便结合地方特点制定了柯坪常见病、多发病的诊治流程，编撰了柯坪县首部常见疾病健康宣传教育手册。

下面是一组工作室 5 年以来接诊病人的年平均数据，通过它，我们可以清晰地看到，这个简朴的工作室到底为柯坪人民送去了什么。

工作室成立 5 年中，年平均完成手术 186 台；抢救危重病人 66 人次；举办讲座 72 堂；培训人次 700 余人；参加义诊 24 次。

这只是一年的平均数据，如果用它乘以 5，工作室的工作量是惊人的，毕竟这不是一家有规模、有实力的甲级医院，它只是一个简单的医疗工作室。

数字是无言的，它背后散发出的，却是温暖的爱的光芒。

除此之外，工作室还积极应用 10 余项医疗技术，填补了柯坪县人民医院的部分技术空白。

这是看得见的付出，还有看不见的心血。在工作室那些经验丰富的医生的辛勤传帮带下，柯坪人民医院的年轻医生撰写论文、独立诊断诊疗技术水平有了长足的进步。2019 年，柯坪县人民医院 9 名医务人员参加医师执业资格统一考试，就有 7 人通过，取得执业资格。

赠人玫瑰，手有余香。6 月的柯坪，是一个甜蜜的季节，不只因为四处弥漫的黄杏香醇的气息，而是因为有了南太湖杏林工作室这一片为柯坪人民传递幸福和创造健康的杏林。

二

近年来，柯坪县积极落实人身意外伤害保险、大病保险、跨省异地就医直接结算等各项惠民政策，通过出台落实多项医疗惠民政策，城乡居民在地区范围内住院实现"先诊疗后付费""一站式"和"一单式"即时结算服务，保证医疗的便利化，有效解决了排队时间长、付费手续复杂及看病难等问题，让百姓享有更加实惠且便利的医疗服务，为群众健康撑起"保护伞"。

从 2019 年 1 月开始，柯坪县医疗保障局就开始提前谋划部署，组织县、乡、村同时举办城乡居民基本医疗保险经办人员的工作培训，优化工作流程，让各级工作人员提前掌握政策，熟悉征缴流程及征缴方式，对征缴过程中如何更好地服务群众进行专题培训，进一步优化基层社保工作队伍，在家门口为群众服务；对全县符合条件的 2 万多人建档立卡贫困户，政府代缴保费 400 多万元，城乡居民医疗保险待遇支出 1889 万元，确保了城乡居民全部参保的目标。

这是一项能看得见的举措，它一方面提高了贫困户的保障水平，一方面让这一特殊群体共享了社会发展成果，让贫困户有了获得感、满足感、幸福感。

其实不止是贫困户，所有的城镇居民，都享受到了国家对人民身体健康投入的巨大成果。我的一位朋友的母亲，生于 1939 年，现今已经整整 80 岁。在 2017 年，老人被诊出患有慢性肾功能不全、高血压、冠心病等多种病症，需要长期服药，老人每月工资仅有 3000 余元，药费达 700 余元，每每买药时，平生节俭的老人都心痛不已，甚至不舍得吃药。后来，得知老人所患的一部分病症已被列入国家免费医疗目录后，朋友去为母亲办理了相应的手续，每月只需自费 200 余元。

2019 年的春节，我去探望老人，在陪她聊天时，老人感慨地说："20 年前我退休时，只有 250 多元的工资，现在已经 3000 多了，以前我每月药费就要花 700 多块，现在办了慢性病证明，只要 200 块，国家对老百姓的好，我是真正享受到了呀！以后谁要敢说政府的不是，我就要和他急！"

这让我想到了古往今来那些诗人口中赞美了数千年的梅。这些我们平时并不关注的、事关民生的政策和措施，根本就是一朵朵悄然绽放的红梅，无论你关注还是不关注，它只是默默地独倚墙角，默默地吐露暗香，在不知不觉中沁润人们的肺腑。

在柯坪县人力资源和社会保障局采访时，把大半辈子都献身给柯坪医疗事业的保障局局长刘新建告诉我们，下一步，阿克苏地区将全面实施全民参保计划，落实"1+3"工作机制，全年贯穿聚焦总目标，努力推进社保惠民工程建设这条主线；建立全民参保计划目标任务体系，突出对未参保、断保人员的精准定位和分类工作，有针对性实施扩面参保，实现动态管理和更广泛的覆盖。

"目前，柯坪县参保人员办理异地就医登记备案，只需要携带身份证原件或社会保障卡原件，到各级社保经办机构服务窗口进行办理，实现了即申请即办理，一站式办结，实现了老百姓零跑腿办结业务的目标"。柯坪县医疗保障局局长刘新建如是说。

在柯坪县社会保障局待遇支付科工作人员口中，我还听到了一个好消息，下一步，柯坪县的贫困人口将纳入全民参保计划内容，并落实贫困人口参保个人缴费资助政策，确保贫困人口能够全部参加城乡居民养老保险、城乡居民医疗保险以及大病保险。

红梅的暗香将散发得更加馥郁，也没有什么比这更让人温暖的举措了。这意味着今后柯坪县的贫困群众将再也不会病无所医，老无所养！

在我们走访柯坪乡镇的农户时，这些质朴的农民由衷的述说，让我深切地感知到国家在医疗脱贫方面的投入为这些从前没有医疗保障的农民带来了多么大的福祉。

今年56岁的阿布都热合曼是柯坪县玉尔其乡的村民。2018年，他左眼视力急剧下降，几乎失明，他的家庭并不富裕，视力的影响又导致自己无法进行正常的田间劳作，这个勤劳的中年男人愁肠百结，整天长吁短叹，甚至失去了生活的信心。

村委会的工作人员得知这件事后，一边帮助他解决生活困难，一边积极为他联系专业医院，在大家的共同关心下，同年8月，阿布都热合曼奔赴乌鲁木齐中医院诊病，经过检查，诊断结果为左眼患有严重的白内障。

病人很快被收治住院，并完成手术。然而，手术成功了，左眼重现光明了，阿布都热合曼却喜忧参半。眼睛终于看好了，可是出门时，家里只有1万多块钱，妻子全部带在了身上，这次看病，几乎都用来交了手术费。

阿布都热合曼纠结不已，这钱，可是年底购买饲料和翌年购买农资的钱啊！躺在病床上，他辗转反侧，心里愁苦不已，钱没了，明年的农资怎么办？牲畜的饲料从哪里来？

让阿布都热合曼没有想到的是，回家后，村委会的工作人员带他去了社保部门，经过审核，社保部门竟然按照 65% 的比例对诊疗费用给予了报销。最终，阿布都热合曼只承担了不到 2000 元的治疗费用。

我们在阿布都热合曼家采访时，这个木讷的中年男人一直像湖水一样平静，不问不答，让我几乎有些不耐烦。直到与我们随行的工作人员问到他已经治好的白内障时，阿布都热合曼才突然激动起来，用磕磕绊绊的普通话说："住院的时候白内障取掉了，1.3 万多块钱交了，这个钱我愁得很，因为花完了家里就再也没有钱了，明年给庄稼买肥料，年底给牲畜买饲料，都靠这点钱。没想到的是，出院以后保险公司、社保局两个单位给我报销了 1.14 万块钱，我就花了不到 2000 块钱。这样看病不要钱的好事情，过去我想都不敢想，现在都成真的了。我的身体也好了，眼睛也亮亮的了，地里面干活劲头大得很，谢谢习主席，谢谢党和政府。"

盖孜力克镇库木也尔村是贫困户较多的一个村庄，村民努尔汗·肉孜家就是其中的一户贫困户，这个不幸的五口之家，有 3 名结核病患者。结核病是一种传染性极强的病症，一旦感染，病程康复通常在 6 个月左右，对生活有很大的影响，并且在过去，结核病是不治之症，得了肺结核就相当于被宣判死刑。

好在努尔汗·肉孜和他的家人生在了一个幸福的时代，遇到了一个把群众疾苦时刻放在心中的温暖的政府，肺结核早已被国家列入免费医疗目录，不仅每月药费用全部由国家承担，住院治疗还有城乡医疗保险和大病医疗保险联合承担。正是因为这些实实在在的惠民举措，让努尔汗·肉孜一家人不用担心无药可医，无钱看病，让他们能够没有任何顾虑地服药、治病。

经过漫长的治疗期，努尔汗·肉孜一家人病情渐渐好转，直至康复。这让一度因为贫困和疾病对生活失去信心的努尔汗·肉孜元气满满，重新开始了新生活，并准备踏上创业增收的新征程。

在我问及努尔汗·肉孜一家人看病的经历时，这个脸上洋溢着笑容的维吾尔族妇女兴奋地说："去年12月我和我丈夫、孩子一共花了12万元的医疗费，有10万元左右都由社保报销了，我自己只掏了很少一部分。要是没有这么好的医疗政策，我都不知道这个日子怎么过。得了肺结核，邻居都怕传染，都不敢和我们来往。那段时间我们在村里都抬不起头来。现在，我们的病好了，我也可以昂首挺胸做人了，以后我要好好努力，在村里的路口开个小商店，早日脱贫。"

像努尔汗·肉孜一样因医保受惠的农户还很多，譬如在村里招商引资企业上班的巴哈提，父亲患有肺心病，每年都会去外地治疗，住院花费大多在1万元以上，以往这些费用都由自己承担，为家里原本就捉襟见肘的经济带来极大的负担。2019年，她给父亲办理了异地医疗保险转移手续后，父亲赴外地看病的费用，社保局能报销80%—85%，大大减轻了家里的负担；还有盖孜力克镇库木也尔村的古丽尼沙汗·沙迪克，3年前被确诊为乳腺癌，高昂的医疗费用几乎压垮了这个不幸的女人，让她日日以泪洗面。然而，因为有了城乡医疗保险和大病医疗的保障，不仅病情得到有效控制，甚至已有明显好转，愁苦的古丽尼沙汗·沙迪克的脸上终于露出久违的笑容。

"这三年多，我每个月都去自治区肿瘤医院治病，到现在为止花了将近40万元，这些钱好多都是借来的，我每天就愁得很，以后怎么还钱。可是后来社保部门给我把90%的钱都报销了。我的病，要是放在过去，就等死了。可是现在，我遇到了一个好政府，给了我第二次生命。"古丽尼沙汗·沙迪克说到自己罹患癌症诊治的经历时，泪水仍在眼眶滚动。

在柯坪走访的 4 天里，我一次次地感受到群众对国家在医疗方面的巨大投入所表达出的感激之情，柯坪县居民木旦力甫说："一站式就医，异地就医登记备案太方便了，这次我去外地看病，大概花了差不多 1.6 万多元，回来后去社保部门结算的话就报销了 1.1 万元，自己掏的部分很少，这个保险太好了，特别地惠民，感谢党，感谢政府，太关心我们老百姓了。"

三

新疆地域辽阔，居住点相对分散，尤其是山区乡村，距县城路途大多很遥远，因此很多乡村连最基础的医疗卫生保健都无法得到保障，甚至一些乡镇的公共医疗设施极度欠缺，各类投入明显不足，医院和卫生院条件十分简陋，病房破旧不堪，医疗器械极其落后，群众被"就医难""看病难"等医疗问题长年困扰，因病致穷，因穷无法治病的问题尤为突出。

如何将国家的关爱送达边疆？如何让先进的医疗服务造福民众？

2011 年 7 月，湖州援疆指挥部根据柯坪实际情况，商议总结出一套医疗援疆项目方案，方案提出：必须坚持科学发展，稳柯兴柯，富民固边，民生为本，人才支撑的原则，将医疗援疆方案落到实处，加速推进医疗卫生机构的标准化建设，着力解决柯坪县各族群众的看病难问题。

根据这套方案，首先完善县级医院的基本医疗设施及公共卫生机构的基本装备，对几家乡镇卫生院进行基础设施改造，将原有破烂不堪的危房推倒，重新建成标准化的防震病房，初步完成县乡村各级机构的常规配备所需要的硬件配置。其次，全面铺开免费婚检，两癌筛选，以及治疗白内障的"南太湖光明行动"；积极开展以健康保健为主的南太湖先锋医疗队巡回义诊等一些资金需求量小，但普及覆盖面广的惠民项目，争做让更多群众直接受益的大事实事，把看得见、摸得着的真正实惠送到老百姓的手上。

这一系列事关民生的医疗举措，仿佛 6 月熟透的黄杏，让每一个柯坪人都品尝到了甜丝丝的滋味。

柯坪人看病不拥挤了，医院的门诊大厅里再也不像从前如赶巴扎一样挤满了人群，因为各乡镇的医疗卫生院设施已经很完善，诊疗水平也大大提高，农民们在家门口就能够诊治常见病，根本不用动辄就往县人民医院跑了。

柯坪人看病疗程缩短了，效果更明显了。因为湖州援疆的先进医疗设备精准度更高，各项检查结果更直观，为医生判断病症提供了更加准确的依据。援疆医生们就像接力赛，走一批，来一批，他们一边亲自坐诊，亲自手术，一边将多年积累的经验传授给柯坪年轻的医生，让柯坪医务工作者队伍的整体专业水平大幅提升，制订的治疗方案更加完善，病人治疗时间更短，效果更好，花费更少。

李国栋虽然是 80 后，却是一名老医生，现在已经是柯坪县人民医院的副院长了，除了要具体负责全院的医疗管理工作，身为大内科的主治医生，还要给病人看病、做手术。这位年轻的医生知道，医学是一门经验科学，眼看千遍，不如手过一遍，只有通过不断的实践才能积累经验，快速成长。

一次，李国栋接诊了一位 70 多岁的维吾尔族老人阿不都维力·依米提。老人已经无法自行走动，来医院时，是躺在床上被家人抬着来的。老人的儿子特意挂了李国栋的门诊号，向他诉说父亲的病情："这几年，我爸爸动不动就胸闷心慌，喘不过气，难受得很，尤其是最近一次发作，几乎不能动，偶尔轻微活动一下就气促得厉害，小便也很少，身体还有浮肿现象，并且最近有逐渐加重的趋势。"

当李国栋俯身看向老人时，虚弱的老人一把抓住李国栋的手，用并不流利的普通话气息微弱地恳求说："医生，我难受得很，胸闷得很，喘不过气，请你帮帮我！"

看着老人痛苦的表情，李国栋的心揪在了一起。经过初步诊断，李国栋判断老人可能患有冠心病、房颤、急性心衰等疾病，而急性心衰随时都会危及生命。李国栋迅速将老人收治住院，并精心制订了诊疗方案。老人住院的半个月中，李国栋每天都会去病房查看病情，询问病况，根据实际情况及时调整治疗方案。医院的护士戏谑地说："李院长，要不是你和阿不都维力·依米提老人不是同一民族，我还以为他就是你家亲戚呢！"

经过半个月的悉心治疗，气息微弱的阿不都维力·依米提老人的病情很快出现好转，已经能在家人的搀扶下坐起来了。见老人已脱离危险，李国栋再次调整了治疗方案。一个月后，老人已能下床做一些简单的活动了。出院时，李国栋特意买了补品给老人送去，老人紧握着李国栋的手，感激涕零地说："李院长，你是我的大恩人，没有你，我就死了。我真不知道用什么来报答你的救命之恩。"

唐庆虎，2011 年初任柯坪县人民医院普外科医生，这是一个对医疗事业极度热爱的医学狂人，曾经一年施行大小手术 240 多起，创该院年手术量之最。平时除了坐诊、手术，回家休息，唐庆虎几乎没有任何社交时间，每每有应酬，他不是在值班，就是在手术台上。日子久了，熟悉他的朋友都不再给他打电话，除非重要的事。大家都知道，他根本没有时间去应酬，也没有时间和朋友们聊天。

阿恰勒镇农民吐逊·托乎提提起唐庆虎，感激之情无以言表，甚至有时会哽咽着说不出话来。那年秋天，吐逊因左足背开放性趾伸肌腱断裂导致大出血，送来急诊的时候，已出现休克症状，随时有生命危险。在以往，这样的危重病人柯坪县人民医院根本无法接诊治疗，一是设备不够先进，不能很好地辅助判断病况；二是医生对这种重症病例临床经验不足，稍有不慎病人就会死亡，谁也不敢冒这个险，通常遇到这种情况都是急救车送往上级医院。

然而这一次，情况极为危急，大出血可导致病人随时死亡，万一在运送的途中心跳停止怎么办？

怎么办？群众的生命高于一切。艺高人胆大的唐庆虎决定就地急诊。

听到这个决定，已经在紧张地准备把病人送往上级医院的护士们都放下了手中的工作，惊愕地看向这个将医务工作视为自己生命的同事。

"你疯啦！"大家几乎同时脱口而出。唐庆虎真的疯了。吐逊·托乎提的情况已经不容再拖延，自己有几把刷子大家心里都清楚，当前要做的，只能尽量保持病人的生命体征，支撑到上级医院，如果就地处理，病人有个三长两短，谁也没法向家属交代。责任重大呀，必须争分夺秒把病人送到上级医院处理，决不能再在柯坪耽误下去了！

然而，唐庆虎不顾大家的阻拦，坚持把昏迷中的吐逊·托乎提留了下来。

一番紧张有序的抢救过后，吐逊·托乎提生命体征逐渐平稳，心跳、血压也恢复正常。这时候，唐庆虎已在脑海中迅速设计好了手术方案，准备开始手术。一切就绪，无影灯下，唐庆虎手拿银光闪闪的手术刀，额头布满细密的汗珠。他看看一旁端着手术盘的护士，小姑娘的双手在颤抖。毕竟这种精密手术，在柯坪从来没有过先例，一旦出现问题，大家都是要担责的。

唐庆虎深深地呼了口气，让自己的内心平静，而后对着身旁的护士微微一笑，说："大家都不要紧张，如果手术出问题，我负全责。"

这一次，唐庆虎一战成名，完美地修补了吐逊·托乎提断裂的肌腱，病人很快康复出院。

与唐庆虎一样，在救死扶伤的生死线上，外科医生刘亮用自己的专业与果断挽救了一个个生命，康复了一个个病体。

一天中午，临近下班时，一对年轻的维吾尔族夫妇怀里抱着一个两岁的孩子冲进了抢救室，边跑边喊："医生，快救救我的巴郎子，我的巴郎子被一扇铁门压倒在地上了！"

当天正值急诊的刘亮闻声疾步赶来，此时，孩子已不省人事，嘴唇发紫，情况极度危急。

护士们紧张地围了过来，急诊经验丰富的刘亮迅速组织开展抢救，几分钟后，孩子心跳渐渐平缓，嘴角渐渐有了血色，终于从死亡线上被拉了回来。此时，守在手术室外的孩子父母已泣不成声。

柯坪人民医院的何杰医生还接诊过一个年逾花甲的老人，在询问病情时，何杰发现老人身体极为消瘦，眉头紧皱，满脸痛苦。老人向何杰诉说自己腹部痛了很多年，一直没检查出病症，后来去了阿克苏地区人民医院，仍未能查出具体病症，这次听说柯坪县人民医院来了好多专家，就抱着死马当活马医的心态来试一试。

又是一桩疑难杂症。何杰摇摇头。他迅速调整心态，摒弃杂念，全神贯注为老人检查病况。他发现老人腹部鼓胀，按压后，他又仔细查阅了以往病历，再次进行了检查。他一边检查，一边询问病人的生活环境和生活习惯。结合当地的生态环境，病人的生活习惯以及可能发生的疾病，这时候，何杰心里已经有了一些初步判断，但本着严谨的工作作风，他又召集其他科室医生共同会诊，再次了解老人的详细病史，最终得出结论：老人患的是腹膜结核，并伴有其他病症。

具体病症被确诊，用药就有了依据，经过何杰近一个月的精心治疗，老人病情终于好转，开开心心地康复回家。

行医之路，不计维艰；生死相托，责任重大。生而为医，悬壶济世，救死扶伤，是医者至高无上的责任。生命亦如此脆弱，生老病死由不得谁选择，然而病痛却可以求医问药，延长生命。

当病人把自己的生命托付给这些救死扶伤的医者时，心怀的必然是敬畏与期待。敬畏的是医生是一个无比高尚的职业，期待的是希望生命在医生手中完好无缺。

然而这又是一个辛勤的行业。当问及医生从医的感受，哪个不是如临深渊，如履薄冰。他们却依然选择了在这个行业奋战，没有人退缩。

在这个世界上，有这样一群人，他们穿着洁白的衣衫，双手既可持墨笔，又可持银光闪闪的手术刀，他们在无影灯下，在刀光血影中，将疾病驱逐，将健康还复。

在柯坪，就有这样一群生命的摆渡人。

第四节 走进柯坪的生命绿色

在柯坪县的历史上，这片地域曾是一个偌大的游牧部落，经过两千年左右的发展，直到新中国成立后，逐步由游牧转为半耕半牧，发展到今天，最终形成了以耕为主、以牧为辅的农业县域。

柯坪主要有羊、牛、马和骆驼等畜牧养殖，其中"柯坪羊肉"获得国家地理标志产品，还被国家命名为"骆驼之乡"。在种植上，果树以杏树、枣树为主，蔬菜以恰玛古、皮牙子和胡萝卜老三样为主，因此，由于品种的单一性，才让柯坪恰玛古和黄杏的名气逐渐在全疆乃至全国响亮起来。

自古以来，柯坪从无种植蔬菜的历史，而恰玛古等老三样的种植年代，也不会追溯到很远的时间。延续到 2011 年，柯坪县才投资建设日光和智能温室，这才结束了柯坪真正不种植蔬菜的历史。

柯坪县属于国家级贫困县，根源上还是人们在思想上、意识上和行动上的贫乏、落后。也正因如此，才让不少学子发奋读书，走出了这个被称之为穷乡僻壤的地方。

其实，柯坪并不缺少努力和勤奋的因子，更不缺少经商的头脑，只是受不良思想的影响，让这种骨子里内在的潜力，深埋于被禁锢的思想深处，被蒙上愚昧的灰尘之后，封闭的思想才变得僵化和迂腐，落后与贫穷才不请自来。

10 多年来，针对实际情况，柯坪县委、政府从深挖根源入手，从历史遗留问题查找原因，遏制不良侵袭，清除庸俗的不良风气，改变和端正思想，加强各族群众的学习，锻造灵魂，剔除杂质，在党和政府的关怀下，让这片古老的土地，重新熠熠生辉，焕发生命青春的容颜。

2016 年开始，柯坪县的蔬菜种植，就像 3 月里盛开的大片大片的杏花，绽放于亘古的希望的田野上，让充盈着生命的绿色，浇灌与流淌在奔向幸福的梦想里。

一

柯坪的 6 月，阳光明媚而炎热。轻微的风，漫过绿色的田野，被蒸发出的青草味随风四散开来。此时，柯坪县玉尔其乡尤库日斯村村民巴哈依丁·扎依提站在地头，望着眼前田里一片长势旺盛的辣椒，脸上洋溢着甜蜜的笑容。

今年是他家种蔬菜的第四个年头，巴哈依丁·扎依提心想：时间还真是过得快，转眼间，好几年就过去了。他觉得越是忙碌，越是感觉不到时间的流逝，不像以前清闲的时候，和几个村民坐在门口，喝喝酒，聊聊天，感觉日子过得很缓慢。

记得 2016 年初，乡里扶贫干部找到他说，你以前出去打工，不是给人家管理过菜地嘛，既然有种植经验，不如承包乡里盖好的大棚，3 年内，保证你实现脱贫，发家致富。

巴哈依丁·扎依提一听，乐了，他兴奋地说，好好好，有这样的好事肯定干，我正愁睡觉没枕头呢，谁知乡里这么快就送来了，哈哈！

说干就干，他立即和乡里签订了承包合同，拿下两座大棚，承包费又不多，等蔬菜卖了钱再交。本来，他家还开着商店，每天多少还能挣点生活费，但这也不够全家上下七八口老小的花销。于是就想着找门路，尽快富起来。

承包了大棚，巴哈依丁·扎依提就告诉老婆说，商店挣不了几个钱，还是关门吧，我们就专心把大棚种好，还愁挣不上大钱？老婆一听也是这个道理，然后跟着老公整天在大棚里，忙着侍弄辣子、黄瓜、茄子、西红柿等蔬菜。

第一年算是摸索经验，巴哈依丁·扎依提发现，不能用井水浇灌菜苗，因为井水不是淡水，不仅浑浊且太咸，影响蔬菜生长，只有用大渠水浇菜。一年下来，虽然有些收入，但远远达不到自己的目标。

到了第二年，有了管理经验后，巴哈依丁·扎依提就把商店的营业执照给注销了，然后又承包了人家两座大棚。他先召开家庭会议说，县里乡里为落实国家脱贫攻坚工作要求，在全县发展蔬菜种植产业，我们全家人要抓住这个好机会，努力辛苦一年，明年就能彻底脱贫致富了。

巴哈依丁·扎依提的话，给全家人注入了兴奋剂。10多年前，村里开始种红枣时，很多村民没有把握住机会，就是不相信政府真正能让大家都富裕起来。谁知有极少数村民积极响应，没出3年，一亩地挣到万元。有个村民种了20多亩地，红枣市场行情好的那几年，每年至少纯收入20万元。当时惹得周围村民害了红眼病，等他们再去种红枣时，市场行情就不行了，挣的钱还不够投入。

只要是正常人，就有眼睛，也会思维。从15年前开始，党和政府就大力开展扶贫工作，体现最明显的就是全国援建新疆，援疆的投资额逐渐上升，这让全疆各地都获得了实惠，见证了新疆翻天覆地的变化。

想起这些事，巴哈依丁·扎依提就有点恨自己，那时他才20多岁，正是年轻力壮的时候，不好好在家干活，非得跑到外面去打工，结果钱也没挣多少，还耽误了种红枣的好机遇。现在，他暗暗下决心，要抓住承包大棚种蔬菜的机会，争取明年就能实现脱贫致富。

对于种蔬菜，村里有好多人都看不好，认为柯坪不适合种辣椒、西红柿、茄子和黄瓜等，毕竟世代居住在这里的人，几乎都不种植蔬菜。因为在古代时期，柯坪地域以牧业为主，种植业是空白；新中国成立后，才逐渐种植恰玛古、皮牙子和胡萝卜，这是吃羊肉离不开的配料。

当村民努尔艾力·卡地尔看到巴哈依丁·扎依提承包大棚时，他嘲笑着说，咱们这里土质不适合种菜，老祖宗们都没种过，你却要打破这个先例，看样子是要好好大干一场啊？如果你真的成功了，我就请你喝酒，还拜你为师。

2017年底，巴哈依丁·扎依提用实际行动证明了自己，但除去投资成本，银行小额免息贷款和借款等，全家人均纯收入就有几千元。巴哈依丁·扎依提感到很满足，第二年总算摸索出了经验，让大棚效益翻了一倍多。

他乐呵呵地找到扶贫干部说，我家实现脱贫了，老人的低保赶紧取消吧，我不想一直戴着贫困的帽子，现在我用自己的努力，向大家证明了种大棚可挣大钱。

扶贫干部笑着说，今年算是巩固基础，明年让你家彻底脱贫，你还要多想想办法，明年怎么带动贫困村民都种蔬菜，需要乡里帮助解决的事，可以随时找乡领导反映，乡里一定会大力支持你。

巴哈依丁·扎依提一听来劲了，他兴奋地说，没有问题，我先给他们做做思想工作，明年让他们跟着我种菜，看我挣钱了，他们正眼红着呢。

为了方便跑销路，巴哈依丁·扎依提到阿克苏汽车城，首付3万元按揭了一辆面包车。他想今年家里又盖3间新房，现在又买了新车，这下子准能激起其他人种菜的热情，不用自己去说，他们一定能找上门来。

新车开到家里的当晚，努尔艾力·卡地尔就提着一瓶酒，拌了两个凉菜，笑眯眯地找上门了。他嚷嚷着说，巴哈依丁，我可说话算话，年初欠你一顿酒，现在酒拿来了，还整了下酒菜，我们喝上几杯，一会儿还要拜你为师，沾沾你的光。

以前村里是好事不出门，坏事传千里。现在却不一样了，要是谁家挣钱了，那就像春季的沙尘暴，瞬间就刮遍了村里的角角落落。这个年头，没谁愿意跟钱过不去，只是钱不愿意找他们而已。

2018年3月，乡里按照"一村一品"特色种植的要求，让尤库日斯村大田种植辣椒，巴哈依丁·扎依提积极带领村民成立了众合蔬菜种植农民专业合作社，当年就种植辣椒1.9万多株，每亩收入达到2500元以上。

为确保贫困户种植蔬菜增收，让贫困户吃上"定心丸"，柯坪县协调县粮油销售公司，负责统一收购合作社种植的蔬菜，统一配送县乡机关、学校、职业技能培训中心食堂，形成"公司＋合作社＋贫困户"的运作模式，逐渐掀开了村民种植蔬菜产业的新篇章。

如今的巴哈依丁·扎依提，去年不仅实现了真正脱贫，还被乡里评为致富带头人，跟着他种植蔬菜的努尔艾力·卡地尔等村民，全部在去年摘掉了贫困帽子。现在蔬菜合作社的社员队伍还在扩大，增收致富极大调动了村民种植蔬菜的热情。

努尔艾力·卡地尔说，巴哈依丁不简单，有思想有点子，我们跟着他共同辛勤劳动，共同致富，无论付出多少汗水，大家都毫无怨言，因为挣到钱了，才是我们自己的劳动成果，再说这一切都离不开县里乡里的支持和帮助。

二

在玉尔其乡尤库日斯村见到巴哈依丁·扎依提时，我们见他正在地头忙碌着，虽然肩上担着蔬菜合作社理事长的责任，但他还是每天亲历亲为，自己家里的蔬菜要管理，还得操心其他村民，不然收成不好，他无法给大伙交代不说，也对不起各级领导的支持和信任。

巴哈依丁·扎依提给我们介绍，目前合作社共有101户社员，其中一般户13个社员，剩下的88户社员全是贫困户，共种植130亩菜地，还有15亩地的小拱棚蔬菜种植，每个小拱棚50平方米，分给每家贫困户2座小拱棚。

幸福生活是奋斗出来的，不努力就不会有好日子。巴哈依丁·扎依提每天早早就来到菜地，毕竟他自己管理合作社100亩大田菜地，病虫害随时要发现，干旱时必须要浇水，忙不过来时，还得每天100元工钱雇其他村民干活。同时还要抽空指导社员种植管理技术。蔬菜成熟后，还得联系销路和组织采摘等，所有的一切，他都要协调，一个环节出现纰漏，就会导致经济损失。

　　我们看着站在面前的巴哈依丁·扎依提，他又黑又瘦，穿着一身满是泥点子的衣服，尽管精神状态有些疲惫，但目光里却透露出一种坚忍不拔的精神。

　　这几年，你们家仅政府补贴的资金有多少呢？我们问巴哈依丁·扎依提。

　　巴哈依丁·扎依提说：那我给你们算算啊，2014年贫困户每家补贴5000元盖羊圈；2016年发放10只扶贫羊，差不多有1万元，盖鸡舍和发鸡苗补贴2400元；2017年买牛又补贴9000元；2018年安居富民房补助4.3万元，还有搭大棚和耕地等农业扶贫项目，补贴了1万多元，加上一些数额小的补助，总共有8万元左右。另外，种植大棚还无息贷款3万元，省了利息。

　　2017年，巴哈依丁·扎依提用繁殖增加到的20多只羊，换了10头牛，2018年2万元卖了两头牛娃子，今年又卖了4头牛娃子，收入4.5万元，仅仅养牛的收入达到6.5万多元。农闲时卖酸奶，每年收入2500元。

　　说起家里的种植情况，巴哈依丁·扎依提说，全家有2亩地，1亩种了红枣，另外1亩种麦子，还有8分地是果园菜地，同时还承包了1.7亩地的大棚；大棚收入占大头，全年纯收入有5万多元，去年以人均收入7860元实现了脱贫。

　　巴哈依丁·扎依提告诉我们，近两年他老婆的身体不好，闲时就用牛奶做酸奶卖，其他的活全靠他忙前忙后。全家6口人，父母年迈，大儿子在县一中读书，小女儿在昌吉读内初班，他想让孩子们都考到内地上大学，以后会更有出息。

　　在忙碌菜地的同时，巴哈依丁·扎依提还要操心家里的养殖。他说，育肥牛也是一项不小的收入，既然政府给补贴盖了养殖圈，就不能白白浪费了资源，要充分利用起来，才能发挥最大的经济效益。

　　前两年，巴哈依丁·扎依提不仅自家养牛，还每年买来15—20头架子牛，在养殖圈里进行育肥，半年后再卖出去，每头牛可以挣上2000元左右，这样一年的收入又增加了近4万元。

我们开玩笑地说：巴哈依丁，你这是挣钱不要命了啊，还是要多注意身体，平时要劳逸结合，保持健康的身体，以后才有福气享受用勤奋和努力换来的幸福生活。

巴哈依丁·扎依提憨厚地"嘿嘿"笑了笑说：家里养牛的事情，交给了父母和老婆，他们每天操心喂喂草料就可以，我老婆就是闲不住，看我在地里忙，也经常到地里帮我干活，她说我这几年晒黑了、累瘦了，心里很是心疼我呢。

望着眼前的巴哈依丁·扎依提，我们内心无法用语言表达，尽管他是柯坪乡村最普通的农民，但他却在各级党委和政府的关怀和支持下，想方设法，凭着吃苦耐劳，走出了一条属于自己的创业脱贫致富之路。

据了解，为进一步拓宽农民增收渠道，玉尔其乡尽快让农民早日走上致富路，采取大田直播的方式与企业签订合同订单种植大田豇豆，通过落实豇豆菜苗补贴政策，菜苗每株成本价 0.7 元，项目补助 0.6 元，贫困户自费 0.1 元，235 户贫困户种植豇豆 500 亩。

随行的柯坪县委宣传部外宣办主任邵振萍说：县里为落实农业扶贫，将各驻村工作队作为后方单位为扶持做好玉尔其乡豇豆种植，全款补贴土地流转费用，每亩产量可达 2.5 吨左右，按照企业兜底收购价每公斤 1 元，每亩可收入最低在 2500 元。

人贫志不贫，脱贫靠勤奋。如今在柯坪县，随处走走看看，就可以目睹到家家户户在田间地头忙碌的身影。这是党和政府凝心聚力的奋斗结果，是"不忘初心、牢记使命"的教育成果，也是全国上下各族人民群众团结奋进的硕果。

三

在柯坪县盖孜力克镇玉斯屯巴格勒格村，我们见到了村民努尔·阿木提，他今年 39 岁，是村里绿业蔬菜合作社理事长，又是村里的党员和致富带头人。

此时，努尔·阿木提的家里正在装修房子，他高兴地对我们说：家里 5 口人房屋不够住，又在安居富民房基础上多盖了几间，全是按照城里的楼房布局装修的，如今农民依靠党的好政策，实现了脱贫致富，银行卡里有了钱，也要享受城里人的幸福生活。

努尔·阿木提家的住宅区不大，典型的农家四合院，院落四周都是住房，住宅区角上有个小门，通往养殖区和种植区。走进正面的安居富民房，我们大吃一惊，发现进门就是客厅，里面摆着茶几、沙发、冰箱等家具，墙壁上有空调，还有装裱的字画，充满着浓浓的现代家庭文化气息。

客厅左边一间是卧室，木制的床代替了土炕，大床两边还有床头柜，窗户上悬挂着民族特色的布艺窗帘。右边的一间是洗漱间和卫生间，有洗漱台、镜子、洗澡龙头、马桶等，完全就是楼房式的现代化布局，仿佛置身于城里的一套楼房里，顿时让人忘记了这是柯坪县乡村里的一家农户。

看到眼前的情景，我们忍不住问努尔·阿木提：你家每年的收入是多少？

努尔·阿木提笑着说：也就一二十万元吧，要看市场的行情好不好，要是效益好的话，纯收入 20 万元是没有问题，差的话也就 10 万元左右。

接着，努尔·阿木提向我们讲述了自己的发展过程，他说去年年初，县里领导结亲住在他家里，饭后就聊起天来，亲戚说：你现在有了面粉厂，又开始种蔬菜大棚，要想办法带动村里贫困户脱贫致富，积极发挥党员的模范带头作用。

努尔·阿木提听完亲戚的建议，他就立即表态说：我要干，今年就成立蔬菜合作社，然后发动村民种植蔬菜，让全村人都挣上钱过上好日子。

说干就干，过完春节，努尔·阿木提注册 5 万元，成立了绿业蔬菜合作社，让 37 户贫困家庭入股，每个社员先入两股 600 元。当年合作社就纯盈利 3 万元，每名社员拿回了 600 元的分红，算是挣回了入股的本金。今年以后，全体社员就可以稳稳地享受分红。

目前，这个蔬菜合作社，种植了 18 亩莲花白、16 亩豇豆，还搭建了 121

座蔬菜小拱棚。大田每亩收入 2500 元以上，小拱棚每亩收入达到 4000 元以上。按照每名社员种植的蔬菜面积，人均纯收入达 1.5 万元至 3 万元以上，是种植其他作物的 2 至 4 倍，这无疑让村民尝到了种菜的甜头。

在村里，努尔·阿木提算是比较有见识有头脑的村民，他在 20 多岁时，家里还住着土块房子，父母和兄弟姐妹都挤在一起，经常为穿衣和吃饭发愁。后来像他一样大的年轻人，几乎都出去打工挣钱，见识了外面的精彩世界，顿觉自己的家乡柯坪，真的是贫穷和落后。

随着党和政府加大惠民政策力度，还有援疆工作的深入，特别是对国家级贫困县的扶贫支持，让新疆城乡发生了翻天覆地的变化。那时的努尔·阿木提心里就蠢蠢欲动，想回到家乡，依靠扶贫支持项目，依托本地资源进行创业实现脱贫致富。

2015 年，努尔·阿木提筹措资金和银行免息贷款，投资建设了一家面粉加工厂，每年加工周围村民的小麦达 2000 多吨，然后自己跑销路，把加工的面粉包装后销往内地的城市。尽管规模不是很大，但每年也有几十万元的收入。

面粉厂需要人手，努尔·阿木提就从村里的特困户里挑选了两名工人就业，还签订了长期雇佣合同，每月发放工资 3000 元，平时逢年过节，还给工人发放慰问品。他感触地说：要想村里的人都富裕起来，必须要依靠政府发展产业，然后带动更多的村民加入进来，形成一定的产业化规模，这样集体就能富裕起来。

努尔·阿木提家里 5 口人，还有老婆和 3 个孩子，平时还要经常到父母家里看看，给老人买一些生活用品。但孩子上学基本不用操心，一切费用都是由国家承担，就连午饭都是免费，只有每天放学后，老婆督促孩子完成作业就可以了。

因为柯坪县耕地少，全家只有 5 亩地，针对这种情况，努尔·阿木提又承包了村里 100 亩地，还让出租地村民管理菜地，他每月发工资，仅工资收入就远远超过了村民自己种植作物的收益。

努尔·阿木提告诉我们：去年年初，合作社又争取 18 万元扶贫攻坚项目专项资金，建设了一栋 80 平方米的保鲜库。每年把采摘的新鲜蔬菜，先放进保鲜库里进行降温处理，然后再及时销售到市场上。近两年，由于柯坪县大力发展蔬菜种植业，订单收购的一些公司和单位，根本消化不了全县的蔬菜，这就需要外销到阿克苏、巴楚县和喀什等地。

有思路才有市场，有规划才会有发展。努尔·阿木提经过自己的奋斗，早早实现了脱贫致富，他满怀信心地说：现在我正在努力学习普通话，以便到内地跑市场好交流沟通，作为一名农村基层党员，今后还要壮大发展范围，更好地带动广大贫困户，让村民的日子越过越好，这样才不会辜负党和政府的恩情。

一个人的力量是有限的，只有汇聚更多人的力量，才能推动社会的发展和进步。在社会主义新时代伟大进程中，正是亿亿万万的中国人，用点点滴滴的力量，汇聚成一股巨大的中国力量，努力实现伟大中国梦。

如今在柯坪乡村，放眼望去，田野里尽是满目的绿色，在夏天阳光的照耀下，焕发着勃勃生机。我们仿佛看见，柯坪各族人民群众，正朝着党和政府指引的方向，以昂首阔步的姿态和精神，大踏步地迈向新时代新生活。

四

5 年前，盖孜力克镇玉斯屯巴格勒格村的村民谁都不会想到，在 2019 年年底将全部实现脱贫。就连长眠在地下的祖先，他们也绝不会想到后世的今天，会迎来一个盛世时代的到来。

看着眼前的新生活，50 岁的村民艾买提·买买提，感觉就像做梦一样，他兴奋得每天都难以入睡，即便是睡着，他也是村里每天起得最早的村民。因为他喜欢闻着村里清晨的新鲜空气，漫步在村里洁净的柏油路上，然后兴致勃勃地唱一首民歌。

在艾买提·买买提的眼里，无论是村里，还是村外的田野，都是一片片风景。当东方的天空泛白的时候，他喜欢眯着眼睛，望着红红的太阳一点一点从地平线上升起。慢慢地，他的脑海里涌现出很多景象，东方有很多很大的城市，首都就是最繁华的地方，从那里来的大领导，还曾到新疆的乡村来过呢。

这时，一缕缕青烟从家家户户的房顶袅袅升起，馕和早饭的香味，在空气里扩散弥漫开来，艾买提·买买提的肚子就感到叽里咕噜了。他再回头看看田里的莲花白，一排排，一行行，仿佛那些圆圆的绿绿的脑袋，就像广场排列的队伍，整齐划一，站立在清新的田野里，犹如潮涌的绿色生命，在内心深处不停地翻腾。

艾买提·买买提一边慢悠悠地回家，一边心里盘算着今年5亩地的收成，因为再过几天，莲花白就要丰收了，如果按照合作社理事长努尔·阿木提的预计，每公斤可以卖到1.5元的话，1亩地产2.5吨至3吨莲花白，那样每亩地的收入达到4000元左右，总共可以收入2万多元。还有剩下的菜叶子可以喂牛羊，那样的话，又可以省一些草料。

吃过早饭，艾买提·买买提又来到地头，他想把今年家里的总收入算算，然后心里有个数，这样就可以有计划地购买一些家具。因为看到努尔·阿木提家里装修得漂漂亮亮，就像城里人楼房里的布置，他心里也痒痒，觉得活了大半辈子，也该享受一下新生活了。

在地头见到艾买提·买买提时，他手里正拿着一截树枝，在沙地上计算着一些数字。我们问他说：一个人这么高兴，在算什么呢？他抬起黝黑的脸庞，笑着回答我们：没算啥，就是看看今年能收入多少，你们是从城里来的？我们农民不能跟你们比啊。

我们说：你们住在乡村，就像住在花园里一样，空气新鲜，又没有污染，心情也好，每天想吃什么就吃什么，自由自在不说，党和政府还有很多惠民政策，让农民的生活越来越好，我们都想到乡下来呢，可惜没有农村户口。

艾买提·买买提听我们这样羡慕他们，便乐滋滋地说：说心里话，多亏了今天的好政策，搁在以前真不敢想，你们看红枣地里套种的莲花白，还有地边上种的恰玛古，这5亩地，全部收入差不多有3万元左右，牛羊再卖3万多元，还有鸡和鸽子卖1000多元，一年收入达到7万元，我心里就非常知足了。

从攀谈中，我们了解到艾买提·买买提有一个儿子、两个女儿，如今儿子在县城当保安，一个女儿和儿媳在服装厂当工人，小女儿在内地上大学，家里就剩下他和老伴管理地里的蔬菜和果树，平时儿女休息，就在家里帮他干些活。

艾买提·买买提还告诉我们一件喜事，他神秘地说：年底准备拿出3万多元，给儿子在县城按揭一套楼房，到时让两个孙子都在城里上学，最好去湖州小学和县高中，因为浙江大城市来的老师教得好，将来要是都能到浙江上大学，我就去送他们到学校，听说内地人多，城市和风景又美，去饱饱眼福，这辈子也值了。

我们说：你的想法真好，一定会实现这个梦想。

艾买提·买买提说：你们知不知道我的普通话为什么说得这么好？那是村委会有老师每周都教我们学习普通话，驻村工作队还教我们怎么管理果树和蔬菜，合作社的努尔·阿木提，几乎天天都到我们社员的菜地里指导，我现在都快成了技术员了。

说起努尔·阿木提，艾买提·买买提佩服得五体投地，他说：这家伙真是有本事，不服气不行，主要是他以前出去打工见识多，还跑到内地的城市卖过烤肉，5年前回到村里后，开了一家面粉厂，去年又带着大家种菜，还给我们合作社争取了10多万元的项目资金，党员就是党员，觉悟比我们普通村民高出很多。

去年2月底，努尔·阿木提成立蔬菜合作社后，让艾买提·买买提加入合作社，并说明了社员能得到的实惠，只要按照合作社的要求去管理，蔬菜的销路不用社员操心，由合作社统一收购、统一外销，价格上绝对比市场批发价高。

当时，艾买提·买买提不太相信，认为种植蔬菜有冒险性，以前村里从来没有种过新鲜蔬菜，只种恰玛古和皮牙子，有的种植胡萝卜，苗子出得都不好，万一种植莲花白也是一样的话，那岂不是白白浪费了土地？一年的收成就泡汤了。

努尔·阿木提告诉他说：村里的地都是好地，跟阿克苏红旗坡的地一样，关键是要管理好，比如浇水要用淡水，施肥要用农家肥，什么时候打药等，再说管理莲花白要省事多了，但种植黄瓜和西红柿就相对比较麻烦，只要细心有耐心，不怕吃苦，就能把蔬菜种得很好。

讲完这些话，努尔·阿木提拍着胸脯说：你先加入合作社，由合作社统一管理，蔬菜要是没收成，我每亩地按 2000 元赔你损失费，这下你放心了吧？

艾买提·买买提不好意思地说：我们都是好邻居，哪能让你赔偿损失呢，我听你的，就跟着你干了，我也不是怕吃苦的人，干就干，谁怕谁。

做梦都没想到，艾买提·买买提去年大田种莲花白，小拱棚种西红柿和辣椒，总共收入了 3 万多元，加上其他收入也有 6 万多元，年底还获得 600 元股金分红，还把入股的钱挣了回来。他高兴地说：有了合作社就是好，社员不仅操心少，收入还比以前多两倍。

在合作社里，像艾买提·买买提这样的贫困户，每年的收入都不低于 2 万元，他们就是嫌地太少，如果每家每户都有几十亩地，那每年至少也有 10 多万元的收入。作为合作社的理事长，努尔·阿木提开导社员说：地不在多少，在于精耕细作，俗话说得好，人勤地不懒。

每个人的作用不在于大小，只要勤奋和努力，总会有活着的价值和意义。在这个村落里，我们所看到的听到的，只是广大乡村的一个缩影，他们时刻紧紧跟着党和政府的坚定步伐，团结一心，众志成城，向着美好的明天奋力前行。

<h1 style="text-align:center">五</h1>

连续深入柯坪县乡村的四天里，我们采访组一行时刻被柯坪的日新月异所感召，被农村的变化所震撼，被朴实的村民所感动，被各级干部与驻村工作队的付出和努力所折服，柯坪变得如此美丽，离不开各族人民群众的齐心协力，离不开援疆工作的鼎力相助，更离不开党和政府的大力支持。

站在柯坪乡村的田野里，我们冒着夏天炙热的阳光，闻着空气里散发出的青菜和青草的味道，感受着缓慢的时光流淌在这片土地上。望着眼前菜地里各自忙碌的村民，内心不由得会想起那些坚守在这里的人们，脑海里浮现出他们为扶贫奔波的身影。

蔬菜种植，是柯坪县农业扶贫的重大举措之一，彻底打破了柯坪不种植蔬菜的历史，也彻底改变了农民落后的思想观念。

像巴哈依丁·扎依提、努尔·阿木提等村民，他们之所以能成为农村脱贫致富的带头人，是因为他们能紧紧跟随时代的发展步伐，能深刻领会党和政府的各项会议精神。他们不仅爱学习，还善于发现市场商机，经常到外地考察市场，虚心向干部、企业家、成功人士等请教，以此获得源源不断的创业经验和精神动力。

10多年前的柯坪，农村全部是土块房，村里全是土路，更别说绿化和美化了。现在的柯坪，农村面貌焕然一新，安居富民房规划和布局整齐划一，柏油路、路灯、绿化带、娱乐设施、幼儿园等展现在世人面前，昔日的贫穷与落后不见了踪影，随之代替的是宜人宜居的环境，美丽的乡村，就像一幅多彩的画卷，在天地间铺展开来。

近年来，柯坪县紧紧抓住历史发展机遇，以扶贫攻坚为抓手，重点打造农业产业化发展，努力在柯坪羊、骆驼、恰玛古、黄杏、蔬菜等种植养殖上下功夫，逐渐开辟了一条属于柯坪特色的发展之路。

我们觉得，柯坪不缺少资源，缺少的是市场，是向外界推介推广的渠道；我们觉得，柯坪不缺少头脑，缺少的是思路，是放眼世界的长远目光。只有解放思想，摆脱思想上的枷锁，未来的柯坪，必将为新疆的经济发展留下浓墨重彩的一笔。

毕竟，柯坪经历了千百年来的苦难历史，戴在头上的"国家级贫困县"帽子，时刻压得各级领导干部喘不过气来，也让广大各族群众感到脸上火辣辣地疼痛。这种感觉，激发了全县上下的精神动力和昂扬斗志，贫穷不再继续，幸福的生活已经到来。

如今，柯坪县各族人民群众在党和政府的带领下，不忘初心、牢记使命，奋发图强，万众一心，齐心协力，共同化作一股披荆斩棘的力量，努力向着实现中国梦，勇往直前，砥砺前行。

眼前一片片碧绿的蔬菜，一座座耸立的大棚，一望无际的绿色海洋，时刻涌动着生命绿色，延续着中华民族的伟大精神。

柯坪，从历史中走来，从亘古的土地出发，在新时代发展的大潮里，汇聚成巨大的力量，必将会绽放党的万丈光芒。

第五章

魅力柯坪

第一节　湮没在烽火狼烟中的齐兰古城

凡是对新疆了解的人，大都知道这里到处充满着神秘和未知，随处都可以发现一些原始生态和古老的秘境；如果没来过新疆的人，一定会想象新疆到处是荒漠戈壁和落后。其实，当来到新疆就会发现，这里的美，是一种独特的美，是无法复制无法形容的大美。

近年来，在新疆阿克苏地区柯坪县南部的荒漠戈壁里，有一处古遗址，算是新疆境内保存较为完整的古迹之一。虽然几百年来沉睡在这里，但却很少有人来打扰它的清净，随着旅游者和户外驴友的增多，昔日的宁静，被探访者纷至沓来的足音打破了。

这处古遗址叫阔纳齐兰遗址，人们都称它为齐兰古城，是古丝绸之路上的交通要道，也是丝路中道至南道上较为重要的军事驿站。2013年被国务院公布为"全国重点文物保护单位"。

站在高高的城墙上眺望，近处是残垣断壁的建筑，红柳、芦苇等灌木，杂草丛生。这片偌大的古地，曾经是繁华的城郭，西域丝绸之路上南道和中道的必经之地，来来往往的商贾、僧侣和将士在这里停留，生活在这里的人们，祖祖辈辈守护着这片沙漠边缘上的绿洲。

如今这里人迹罕至，土地荒芜，满目苍凉，曾经的沧海桑田被黄沙掩埋。一栋栋坍塌的房屋，证明了这里曾居住过庞大的族群，百年之前，他们究竟搬迁到何地？又过着什么样的生活呢？

1818 年，清政府曾经从其他村落搬迁过来 24 户居民，后来因严重缺水，人们又撤离了这座城址……

6 月的夏天，我们在柯坪县委宣传部干部的带领下，驱车来到阔纳齐兰古城，55 岁的柯坪县遗址守护人吐尔逊江·那买提向我们讲述了这座古城遗址的历史变迁。

记得第一次来到这里，还没到古城跟前，就远远地看见了高耸的城墙，城垛（书面语成雉堞，指古代城墙上掩护守城人用的矮墙）一个连着一个，仿佛是一座古老的城堡。我感觉自己瞬间穿越了时光，眼前看不到一丝现代文明的景象，只觉得进入到一个神秘的古老国度，感觉城里的街道上行人匆匆，都在忙碌各自的事情。这时，一个整齐的马队穿城而过，马背上都是身穿铠甲的将士，他们打马向西准备投入一场战斗。

当时越野车开不到跟前，被洪水冲刷的沟沟壑壑给阻挡在千米之外，我们只好踏着厚厚的沙子，步行走进这片神秘的古遗址。由北向南，先是一座 4—5 米高的烽火台，四周都是坍塌的土房屋，全部没有了房顶，有的只剩一堵墙，还有的四面的墙壁都完好，全是土坯墙，看不见一块砖和一块石头。

登上烽火台，眺望四周，到处是荒凉的景象，遗址里到处是红柳和低矮的灌木丛，还有黑枸杞、铃铛刺、骆驼刺等野生植物，衬托着一片片破败房屋，就像一处废弃不久的村落。

再一次驱车来到这里，我们看见一条柏油马路通向古城，大约行进到距离古城不远，就到了一个新建造的仿古城门前。穿过城门，看见两名骑着马的将士雕像，他们身穿铠甲手握兵器，仿佛随时要投入一场敌袭的战斗，他们的目光警惕地望着前方，犹如穿越了荒漠戈壁，望见了远处疾驰而来的敌军。

继续向南走，就来到那座烽火台，距离烽火台不远就是齐兰古城了。这是一座清代的古城遗址，只留下南北一道完整的城墙和城楼，城池两角的军事瞭望高台（专家称为炮台）还算保存完整，一排城垛从北面连到南面。城池的构筑全部是厚厚的土层，唯有一处彻底坍塌的房屋，地基是由墙砖构造的，据说是城内的官邸。

我们查看城边上立着文物保护单位的一块石碑，前面写着"全国重点文物保护单位，阔纳齐兰遗址"，下面还有两行字，背面的遗址介绍已经变得模糊不清，依稀可以看出一些字体。这座古城略呈正方形，南北和东西城墙各100多米。

当年考古专家曾在这里考察，对于这座城池的布局存在着争议。根据这些年对新疆古遗址的研究和学习，以及多次跟随自治区考古专家现场发掘古城古墓的经验来看，我个人认为，齐兰古城不仅仅是清代的建筑，即便真的是清代的古城，它的历史堆积层至少追溯到汉唐时期。

因为在汉代，从龟兹城郭到疏勒城郭，这里是来往商旅必经的粮草补给站，到了唐代后，由于图木休克地区建立了蔚头州，所以此地又是蔚头州的东大门。清朝后期，阿古柏曾在这里与左宗棠军进行过激战。此遗址面积很大，残存建筑物的功能复杂，古城内外有民用建筑、军事建筑、宗教建筑、农垦遗址等。

踏上南边的城墙高台，可以明显看出紧挨城池有一个大池塘，南面是一个面积不大的宗教建筑，再往东南面是一片偌大的居民区，中间有一条南北贯穿的5米左右宽的街道，两边全是居民住房。

阔纳齐兰古城遗址，就在吐尔逊江·那买提居住的阿恰乡其兰村东边10公里处的荒漠中，他每天差不多要走两个多小时的路程才能到达这里。10年前，他被县文管所聘为这座古城遗址的守护人，每年享受2500元的补贴，2016年开始又增加了1000元。补贴的多少，对于吐尔逊江·那买提来说都无关紧要，他认为守护祖先遗留下来的东西才是最重要的。

我们站在古城遗址的城墙上，吐尔逊江·那买提指着空旷的古城说，比较完整的城墙属于东面，南北各有碉堡，城内的建筑已看不到了，只有城外东面和南面保留着古人居住的房屋遗迹。东面的住宅比较凌乱，南面的居民区很清晰，以南北一条街道为界，东面一排建筑是古人居住的区域，西面均是面积较大的马棚。

紧挨着古城墙南边，有一处大门穹隆顶极为精致，连接着时有坍塌的长方形小院，四周的墙壁上有像佛龛形状的布置。吐尔逊江·那买提说这里曾经是一座清真寺，小院上空应是封闭的屋顶，里面是教徒活动的场所。

据柯坪县志上记载，古城城墙南北长 122 米，东西宽 110 米，东墙保存较好，东墙南北端有较为宏伟的碉堡遗迹，南部碉堡平面呈长方形，东西长 20 米，南北宽 9 米，残高约 5 米，顶部建筑物坍塌无存，夯土筑，夯层厚约 25—30 厘米；北部碉堡保存较好，平面方形，边长约 12 米，可见顶部的雉碟。南北碉堡之间有一道墙垣，长约 90 米，其上有整齐的雉碟（古代在城墙上面修筑的矮而短的墙，守城的人可以借以掩护自己，也泛指城墙），间距 0.5 米，残高约 3.9 米，城门设于城墙的中部，门座向东，宽约 2.5 米，构筑法是基部为夯筑，其上为土坯砌筑。以前在此发现过清朝"光绪通宝"钱币。据遗址的构筑法、形制（东墙）和出土的清代钱币，其时代推断为清代。

说起古城最早的历史，吐尔逊江·那买提有着不同的看法，他说：爷爷曾给我讲过，这里两千年前就有人居住，汉唐时有驻军，那时经常发生战乱，这座城池的建筑年代，尽管被专家判定为清朝时期，我想应该比清朝更早，毕竟附近有几处汉唐时期的烽燧可以证明。

你们看城里还有关押犯人的地方，这片较大的围墙就是，听说是在清朝晚期或民国时期……吐尔逊江·那买提指着一处四周还保留着围墙痕迹的地方，滔滔不绝地向记者讲述这里曾经发生的历史。

自治区文物考古专家张平曾多次到这里考察，他说阔纳齐兰古城为清代驿站遗址，原名叫阔纳先尔，在其西北方为现今的柯坪县启浪乡，是丝绸之路北道必经之地。汉代从龟兹国到疏勒国，这里是来往商旅必经的粮草补给站。唐代以后柯坪县归属龟兹管辖，所以此地又为龟兹都督府温宿西大门。清朝后期阿古柏分裂政权曾在这里与左宗棠军进行过激战。

这座古城应该是建立在汉唐遗址上的清代城址，从城北的烽燧到西面不远的齐兰烽燧，足以证明这里是汉唐故地，如果要进行考古挖掘的话，就能从历史堆积层得出相关的结论。张平从考古历史的角度分析。

齐兰古城，是一座具有战略意义的军事要地。在丝绸之路上，它发挥的作用显而易见，虽然如今已被废弃，但它却为研究历史的专家，提供了最直观最翔实的宝贵遗址资料，为新疆的历史留下了辉煌的一笔。

因为从军事防御体系上看，东面100多公里外是姑墨州，沿途的烽火台已消失；西面近100公里是蔚头州，距离城池往西有一座高大的齐兰烽火台；南面是一望无际的荒漠戈壁；北面是水草丰茂的山间牧场（今柯坪县城北面山坡有一座南北朝至唐时期的寺院），山口还有戍堡。

据史料显示，柯坪县古时属龟兹国，清时属温宿，清光绪二十八年（1902年）建为分防县丞，归温宿府辖。1928年设县佐，为阿克苏县柯坪分县。1930年正式建柯坪县，属阿克苏道。中华人民共和国成立后沿属阿克苏专区（地区）至今。

根据地理位置推断，说明齐兰古城所处的战略地位极其重要，不仅承载着过往商旅和将士的驿站，更肩负着南疆到北疆的军事要冲。千百年来，这里曾发生过大大小小的战争，让古城饱经历史的沧桑，延续了一个时代又一个时代的文明。

作为曾经丝绸之路上的交通要道，齐兰古城为什么没落了呢？针对这个疑问，很多专家也曾做出过不同的解释，终究是与自然环境和水源地有关。

　　根据气候和水源的推断，齐兰古城在清代后期，经历战火的洗礼之后，便逐渐被废弃了。因为城池距离沙漠较近，加上河流改道和荒漠化加剧，人类生存面临大自然的威胁，已不再适合在这里居住和建城，所以就慢慢失去了存在的作用。

　　在古城东北角的红柳间，至今保留着 3 座比较明显的土葬古墓。吐尔逊江·那买提说这里是古城居民的墓地，如今大部分被黄沙掩埋，除了最后一批搬迁走的居民，留在这里的就是埋入黄沙下面的先民。

　　吐尔逊江·那买提从小就开始在古城周围放羊，因此对这片遗址非常熟悉。他听老人们说，大约是在 1818 年（嘉庆二十三年），清朝政府从现在的玉尔其乡和盖孜力克镇等村子迁了 24 户居民到这里安家，后因沙漠侵蚀又严重缺水，生活在这座古城的人们不得不再次搬迁。

　　不难想象，随着社会的发展，这里居住的人们开始向北面有水源的地方迁移，然后便有了现在的柯坪县。毕竟因环境的原因，这里的人口数量较少，缺少耕地主要以牧业为生，由于经济发展缓慢，中华人民共和国成立后才成为国家级贫困县。如今其兰村的人都是从古城搬迁过来的最后一批居民。

　　吐尔逊江·那买提说：我听爷爷讲，他的爷爷就是古城靠做生意为生的居民，当这里无法适应人类居住的时候，他们决定离开祖祖辈辈生活的地方，在牵着毛驴车装上全部家当告别古城的最后时刻，一群老老少少跪在这片土地上抱头痛哭。100 多年的时间，这些居民经过几番曲折终于在其兰村定居下来。

　　对于阔纳齐兰古城变成空城和废墟的原因，张平认为：阔纳齐兰古城所在地位于塔克拉玛干沙漠西部，而特有的季风从每年的初春开始，一直持续到当年的 5 月份，风沙弥漫，贯穿于漫漫岁月的延续里，最终使这里成了缺水最为严峻的地方。

　　虽然早在清朝时期，当地政府也曾组织大批移民，试图从根本上缓解居民的生活状况，终因无法保证充足的水源，古城最终被废弃，成为人类历史的见证。

张平感触地说：阔纳齐兰古城遗址是一部活生生的自然环境教科书，从一方面反映了保护大自然和生态环境的重要性，另一方面又真实地反映了水源的重要性。因此，生态环境和水源是维持人类生存的必要条件，保护生态环境与合理利用水资源就是保护我们美丽的家园。

在吐尔逊江·那买提的带领下，我们来到今天的其兰村，发现村里的道路全是柏油路面，一排排安居富民房规划得整齐有序，街道边还有公交车站，村委会还建设了村民健身娱乐场所，在党和政府的领导下，曾经的古城后代子孙过上了幸福的生活。

走在其兰村，我们很难想象，作为古代驿站的古城居民，那时的生活条件是多么地恶劣，随时都要面对战乱和生态环境的变化。如今，村民们生活在社会主义社会，享受着党和政府各项优惠政策，住在宽敞明亮的安居富民房里，面对现代美好生活，都在为今天的新生活感到幸福和自豪。

10多年来，吐尔逊江·那买提每天都会到古城巡视，他想：如今保存这么完整的古城已不多见，要是遭到人为的破坏，绝对是一种损失。他发现近年来不少户外驴友经常光顾古城遗址，为了防止攀爬古城墙，他每次都要提醒这些外地的游客。

吐尔逊江·那买提高兴地说：每年还有不少旅游客车到这里，一般的车辆开不到古城跟前，游客们就走路到古城观看和拍照。我想如果县里把古城作为旅游开发项目，让更多的人观看和了解我们祖先遗留下来的东西，应该能吸引更多的游客，因为目前已经有不少内地的游客前来观光旅游啦。

其实，也难怪吐尔逊江·那买提如此兴奋。这片区域，将来通过不断的开发和打造，随着旅游业的快速发展，必定会带动周围村民的经济收入，这正是柯坪人最希望的美好未来前景。

2013年，阔纳齐兰古城遗址被国务院列为第七批全国重点文物保护单位。

2016年，自治区文物局、新疆文物古迹保护中心在柯坪县召开"阔纳齐兰遗址"保护规划自治区级论证会，讨论了《阔纳齐兰古城遗址保护规划》，为古文化遗址的保护、展示与利用奠定了基础。

近年来，柯坪县将古城纳入旅游发展项目，积极邀请相关专家规划全县旅游发展产业，依托县域资源打造以旅游观光、特色饮食等为一体的旅游产业项目，力争打造丝绸之路上的人文和自然景观，为地区经济建设和发展作出贡献。

如今，柯坪县积极发展旅游业，正逐步把齐兰古城打造成一个古遗址景区，向世人开放和展现古代人类生活的场景，让更多的人了解历史，因为这座古城见证了历史的发展，向人们诉说着曾经的辉煌和衰败的沧桑经历。

第二节　西域骆驼的故乡

当夕阳染红了天空和大地，一串串驼铃声，从沙漠深处由远及近，一行驼队在经历艰难跋涉之后，缓慢地抵达了这个丝绸之路上的驿站。

终于到家了。疲惫的骆驼和背上的人舒服地喘了一口气，望着眼前熟悉的一切，几十匹骆驼顿时忘记了在沙漠里一路行走的劳累，它们兴奋地撒起欢来，因为这是它们的家乡——位于塔克拉玛干沙漠边缘的新疆阿克苏地区柯坪县。

柯坪县坐落于天山南麓，三面环山，一面不远是沙漠。全县面积有1.2万多平方公里，大部分是山区和荒滩戈壁及沙漠化，因地域内水资源匮乏，耕地面积仅有12万亩左右。

而对于只有5.6万人口的边疆贫困小县来说，只要改变观念走出去，再把外面的引进来，柯坪县终将会在广阔的天地间绽放异彩。

众所周知，闻名国内外的柯坪羊、骆驼、恰玛古、黄杏和"柯坪一绝"的薄皮馕，是柯坪县的"五宝"。目前，骆驼已成为当地的热门养殖产业，特别是骆驼的驼毛和驼奶更是出名，驼产品的销售出现供不应求的热销现象。

柯坪县有着悠久的历史文化底蕴，曾是古丝绸之路的必经之地和重要驿站，汉唐时期，隶属于蔚头州，境内的寺庙、戍堡、古城、烽燧等建筑随处可见，这里一度曾呈现繁华景象。

如今，这片古老的地域，经历了历史沧桑和时光的过滤，无不闪耀着文明的历史和灿烂的文化。正因为有着悠久的历史，才让这种不屈不挠的精神，沿着丝绸之路这条古道，永不停息地奔涌向前。

说起柯坪的骆驼，应该追溯到古代游牧时期，在清代以前，新疆的交通工具主要是以骆驼、马和驴等作为代步，穿越戈壁荒漠，骆驼则是最佳的交通工具。

在亚洲，主要是耐严寒的双峰骆驼，而耐炎热的单峰骆驼主要分布在阿拉伯一些国家。驼峰是储存脂肪的地方，能够让骆驼在没有食物的情况下，保持足够的体力穿越大沙漠。

不难看出，柯坪养殖骆驼的历史久远，并在千百年来，始终保留着适合荒漠戈壁行走的物种。现代化时期，先进的交通工具越来越发达，原始的交通工具逐渐远离人们的视线，当地牧民就把养殖骆驼转向了经济效益化，在驼毛和驼奶上做文章谋出路，也只有适应时代的发展，才能传承历史，保持一个物种的繁衍。

在一个叫玉斯屯喀什艾日克的村子，我们见到了牧民艾海提·斯拉木，此时，他正在骆驼圈里忙着和老婆一起挤骆驼奶，20岁的儿子库尔班江也在旁边帮忙。

艾海提告诉我们，他家养殖近百匹骆驼，大部分都赶到几十公里外的戈壁滩上放养，一个星期左右开车去看看，其他的时间根本不用管。家里后院圈里也饲养着20匹骆驼，10匹是母骆驼，还有10匹是今年产下的小骆驼。到了断奶后，这些骆驼都会放养到外面，然后再把将要生产的母骆驼放在家里饲养。

艾海提说：现在的骆驼奶市场价格是每公斤 50 元，每天要挤 3 次奶，10 匹母骆驼总共能产 20 多公斤驼奶，圈里的骆驼喂麦草、玉米等生态饲料，每天能卖 1000 多元的驼奶，除去成本纯收入 600 多元，现在的幸福生活，我真的感到很满足。

问到驼奶的畅销原因，艾海提说：驼奶中含有丰富的各类维生素以及钙元素，如果与牛奶相比，驼奶含有更多的不饱和脂肪酸，还有铁元素的含量不低于牛奶的 10 倍，营养价值应远高于牛奶。因此，很多村民和县城的居民都跑到他家购买驼奶，甚至有婴儿的家庭都是打电话提前预定，由于产量太低，远远满足不了当地的消费者。

提及柯坪驼奶的饮用效果如何时，48 岁的艾海提笑着对我们说：你们看看我的身体壮不壮？我们家三代人都是养骆驼的，听说祖上也养骆驼，但是不多，那时家家户户都有骆驼，为的是出门方便。我从小就是喝驼奶长大的，身体一直很棒，小伙子摔跤都摔不过我，这也是我坚持养骆驼的原因，以后还要不断增加数量，县里也很支持我们，说要形成产业化发展呢。

听我们问驼奶的效果，旁边昌吉农校毕业的库尔班江插进话来说："我从小喝驼奶，免疫力和抵抗力都很好，身体一直健健康康的，连感冒都没发生过，这一点，我爸妈都很清楚……"

据相关资料显示，研究者发现，驼奶不仅具有增强免疫力和抵抗力的作用，还对糖尿病、高血压、心脏病等疾病都有医疗辅助作用。在非洲和阿拉伯地区一些国家，驼奶甚至用来增强艾滋病和肺结核患者的抵抗力，有营养学家预测，不久的将来，驼奶就将会成为除牛奶之外的另一种重要营养饮品。因此，联合国粮油组织已开始向西方国家推广骆驼奶。

目前，柯坪县政府按照国家惠农政策，大力扶持全县 60 多家骆驼养殖户，并发放了养殖补贴等帮扶项目资金，积极壮大骆驼养殖产业，这样还可以带动旅游产业的发展，养殖户的收益就会逐年增加。

近年来，柯坪县的骆驼养殖已由原来的3000多匹发展到5000多匹，骆驼养殖业的延伸产品，驼奶和驼毛已纳入县里旅游产品发展规划，积极吸引外面来的游客和投资商。

今天，随着时光和岁月的流逝，古代大漠驼铃的景象已消失在历史的深层，作为"沙漠之舟"的骆驼，还一直和人们一起繁衍生息，在社会中发挥着自己的经济价值，成为大地上一种永恒的风景。

这不仅仅是骆驼的存在，最重要的是，从这个物种被赋予了神圣的使命开始，它曾用忠诚的生命推动了历史的发展和进步，并成为历史的延续和东西文化融合的见证。

当天，我们又在该县委宣传部陪同干部的带领下，来到山前的戈壁草场，看见成群的骆驼放养在路两边草地，它们形体高大，迈着长长的四肢，悠闲地啃着石头缝里长出的青草。偶尔抬起扁长的脑袋，望着我们从它们身边走过，也许它们在想，这些人类好怪异。

柯坪，不愧是西域骆驼的故乡，这里勤劳的人们，并没有把它们遗弃，尽管已不再用它们作为代步工具，但却能让这类物种继续繁衍下来，并把它存在的价值挖掘出来，让现代的人类享受到驼毛的温暖，驼奶的醇香和营养。

第三节　古老的手工美术技艺

鲜艳的色彩，古老的图案……这样美丽的花毛毡（克格孜），看起来像是机械加工出来的纺织品，然而事实上，这是柯坪县民间自古流传的纯手工制品。直到今天，它仍然展示着古老的民俗文化，并被列入国家级非物质文化遗产名录。

迎着夏季的阳光，我们来到柯坪县玉尔其乡托万库木艾日克村，走进村民阿不力孜·吐尔逊家里，亲眼目睹这位手工艺人整理制作花毛毡的过程。

阿不力孜·吐尔逊屋门口廊檐下放置着一张大床，上面铺着一条宽大的花毛毡。他说这就是自己手工制作的成品，冬天农闲时制作的花毛毡就剩最后几条了，等收购好一定数量的羊毛再开工制作。

说起花毛毡的制作历史，阿不力孜·吐尔逊告诉我们：他是跟村里的师傅玉素甫·依米拉学的手艺，由于师傅年龄大了，已经有 20 多年没有从事花毛毡制作。听师傅讲，制作花毛毡是祖上传下来的手艺，据说从汉唐时期就有了，那时是富贵人家的用品，穷人家里根本没条件享用这种奢侈品。

阿不力孜·吐尔逊说：教手艺的师傅告诉我，他的祖上一直给当地官府和富人制作花毛毡，那时这种毡子很流行，有权有钱的家庭特别喜爱把花毛毡铺在床上和地上，以显示富贵。新中国成立以后，随着时代的发展和生活水平的提高，农村家庭都开始并喜欢使用花毛毡。

据柯坪县志记载，手工制作柯坪花毛毡的历史久远，具体源于哪个时代，并没有流传下来详细的史书资料，只是被民间历代的手工艺人传承至今，这足以说明，花毛毡制作技艺，不知在时光的长河里流淌了多少岁月。

看着眼前花毛毡的成品，柯坪县委宣传部陪同干部说：维吾尔族花毛毡制作技艺是勤劳、聪明的柯坪人民的智慧结晶，这种精美的手工美术技艺是祖祖辈辈居住在这里的人民群众流传下来的，属于传承得比较完整的民间手工美术技艺。

如果第一眼看见花毛毡，谁都不会相信，这是手工制作出来的。特别是花毛毡上面的图案和花色，那种纹路与色彩的视觉冲击，让人忍不住内心的喜悦。

谈到传承和作用，阿不力孜·吐尔逊告诉我们：柯坪花毛毡历史悠久，至今保留着柯坪的地方特色，柯坪县维吾尔族的花毛毡制作技艺与新疆其他地方制作毡子的技艺有明显区别，它是由自然羊毛制成，制造过程没添加任何化学成分，属纯天然手工制品。其中的黑毛毡在民族医学中具有治疗腿痛、手痛、风心病等地方病的作用。

柯坪花毛毡的制作手工技艺比较复杂，一直延续古老的方法。作为国家级非物质文化遗产传承人，阿不力孜·吐尔逊有着自己的一套制作程序，他边说边带我们在他的简易"加工厂房"参观。

阿不力孜·吐尔逊指着花毛毡上的字体和图案，给我们讲述手工制作过程中的繁琐技艺。制作前要准备好需要的羊毛、大锅和燃料，还有羊毛剪刀、抽打杆、杜卡尼（为更好地疏松羊毛而用的重要器具之一）、木西塔克（形状跟瓶子一样，疏松羊毛时打墩张线的器具）、热赞地（杜卡尼疏松好的羊毛发散而用）和绳草（制毡使用的重要器具，缠绕疏松发散的羊毛转动的器具）。

我们边看边在本子上记着，制作时首先准备羊毛，挑选的羊毛用抽打杆分开，然后用杜卡尼疏松；其次准备好哈米（制毡印花用的白色毡子）；第三步把哈米染色，然后修剪印花的各种花饰，再把修剪好的花饰整齐地摆到绳草上，用热赞地平坦地散发挑选好的羊毛（用 10—12 公斤的羊毛）；第四步准备15 公斤左右的开水，缠绕绳草用脚转动 35 分钟左右，然后打开绳草，洒准备好的开水，重新缠绕用手转动 1 个小时左右；最后把制作好的花毛毡晒干就是成品了。

看看，这条花毛毡上面，还印着"稳定是幸福"五个字。同行的人看见他家门口的床上铺着的一条花毛毡，禁不住惊叫起来。

像这条有字的花毛毡，好不好制作？我们问阿不力孜·吐尔逊。

他说：在制作过程中是有很大难度的，必须把羊毛染成不同颜色，采取特殊的方法把字体插入到花毛毡中，所以花毛毡上面的各种图案的制作程序比较复杂，做起来也比较费时费工夫，得有足够的耐心才能做到。

陪同的宣传部干部说，制作花毛毡手工技艺具有较高的学术价值，这是勤劳聪明的祖先留给后人的标志性文化结晶，目前要保护这类濒危的古老的文化结晶，必须要开展青少年培训班传授制毡技艺，努力实现继承和发展，营造和宣传柯坪县维吾尔传统制毡技艺对现代生活发展的影响和保护传承的重要意义。

花毛毡上的复杂图案是龟兹多浪文化的一种体现。从上面的图案看出，那些菱形、花草和各种线条等都属于东西文化的一种完美结合，突出了对古代文化的继承和发展。

从实用价值上来看，花毛毡实用范围广泛，目前还没充分满足人民群众的需要，并且还有治疗腿痛、手痛、风心病等地方病的作用，如果推广生产将得到更多人的喜爱。

我们得知，在目前的市场上，柯坪花毛毡具有很高的经济价值，如今很多柯坪维吾尔族家庭都在使用这种手工制品，但还未充分满足市场需要。如果推广生产花毛毡，在原基础上结合现代工艺再进行精细加工，一定能在社会上得到广泛使用。

柯坪花毛毡的价格，与机械加工制品的价格相差很大。机械制作的毡子比较精细，而手工制作的花毛毡略显粗糙，特别是四周边缘的处理不够完美，存在一定的缺陷。

年近70岁的阿不力孜·吐尔逊说：在七十年代，每条花毛毡卖到30元，2000年卖到100元，如今价格涨到每条250元。一个人两天可以制作一条花毛毡。这样算来，一个人平均月收入可达3750元。

据我们推测，如果将柯坪的花毛毡拿到内地大城市的话，价格应该不止几百元，甚至能卖到上千元。有些边角，花毛毡还不够精细，手工技术再稍微改进，一定能在各大市场畅销起来。

阿不力孜·吐尔逊说：平时自己制作得少，最多的是给别人加工，就是别人出羊毛，我给他们加工，一条收150元，一个月下来可以加工30条，这样每月的收入达到4500元以上。现在年龄大了，会有些力不从心。

当问及传承情况，我们了解到，阿不力孜·吐尔逊有一个儿子继承了他的手工技艺，但由于技术落后，儿子嫌做得慢，活太脏，就到阿克苏市做生意去了，只有抽空回家时才帮助他制作花毛毡。

除他的儿子外，阿不力孜·吐尔逊曾经教过40多个徒弟，如今坚持做花毛毡的还不到10个人，这种古老手工美术技艺的传承，面临着即将消失的尴尬境地。

近几年，柯坪县非物质文化遗产保护领导小组办公室积极组织各乡镇文化站和文化室人员，开办非遗培训班，安排了调查收集非物质文化遗产保护工作，并以县第一中学为中心，每年设立20节课，进行花毛毡的实用技术培训，同时每年拨出4万元用于全县非物质文化遗产的收集和保护工作。

从宣传部干部谈话中得知，目前，柯坪县只有阿不力孜·吐尔逊是国家级的花毛毡传承人，另外两个自治区级的传承人年龄太大，已经不适合制作花毛毡了，只能在举办培训班时邀请传承人给学员进行技术指导，这种具有特色的民俗文化决不能让它失传。

如今，柯坪县委、政府高度重视保护工作，制订了10年保护规划，共拨付保护资金达78万元，逐年实施和落实保护计划，每年向传承人发放3600元补助金，已有不少年轻人学习和传承这一古老手工美术技艺。同时县里还把柯坪花毛毡作为旅游产品向外界进行推介，积极宣传和扩大柯坪县的知名度。

从阿不力孜·吐尔逊家里走出来，我们在感叹这项纯手工技艺的同时，内心也在思索花毛毡的现状问题。随着当地政府的重视，尽管将这项非遗项目完整地保留了下来，但最关键的是缺少宣传力度，还有如何打通销售市场渠道的难题。

柯坪花毛毡，载着时光的记忆，从历史的深处走来，从古老的民俗文化中激滟而出，它被西域历史赋予了时代重任，无论是今天或是明天，它将会被历史铭记，被后人传承和发扬，因为它就像这片土地上的一幅美丽的画卷，正焕发出青春的容颜和生命的热情。

第四节　传承千年的手工技艺

拿起一把小小的木勺，舀起一勺清汤或米饭，一股夹杂着杏子味的饭香钻进鼻孔，迅速沁入心脾，不由得让人食欲大增。这就是柯坪县纯手工制作杏木勺的魅力所在。

这种用杏木做成的小木勺，不仅是柯坪人祖祖辈辈传承至今的餐具，还是柯坪独具特色的精美手工艺品，被列为自治区级非物质文化遗产。

炎炎夏日，我们来到柯坪县盖孜力克镇库木鲁克村，走进这家木勺传承人的院子里，看到木勺传承人买买提·卡德尔正和儿子艾尼瓦尔·买买提忙着制作杏木勺。

看见我们走进来，买买提·卡德尔放下手里的工具，拍了拍身上的碎木屑，热情地迎上来打招呼。他的身上有一股杏木的香味，很容易让人联想起熟透的杏子。

买买提·卡德尔告诉我们，他计划今年开办加工厂，解决当地一部分青年的就业问题，帮助大家实现增收致富的梦想，尽己所能地将这门手工技艺传承下去。

小心点，掏挖的时候要用巧劲，千万不能用蛮力。这时，买买提·卡德尔一边忙着和我们说话，一边叮嘱儿子用心做杏木勺。

买买提·卡德尔指着旁边做好的杏木勺说：这些杏木勺都是我和儿子做的，趁现在地里的活还没开始忙，抓紧时间多做一些。这个很好卖，大家都喜欢用，去一趟巴扎就能全部卖完。

说起木勺制作的历史，买买提·卡德尔给我们讲述，他做杏木勺的技术是跟着爸爸学的，他的爸爸则是从村里的一位老人那里学到的手艺。那位老人没有儿子，就把这个手艺传给他的爸爸了。

买买提·卡德尔说：据村里的老人讲，从汉朝开始，当地的经济收入主要以林果业、畜牧业为主，林果业以杏为主，所以家家户户做家具都是用杏木，并一直延续到今天。

随行的柯坪县委宣传部外宣办主任邵振萍说：关于柯坪县种杏树的历史，据县志记载，是从汉唐时期开始的。那么用杏木做生活用具应该也是从那个时期传下来的，做杏木勺无疑也是从那时传承下来的，以前我刚到柯坪工作时，有个老干部曾给我说过。

买买提·卡德尔介绍：杏木勺手工制作的过程并不复杂，使用的工具主要有锯子、斧子、砍砍子（小锄头）、阿塔勒嘎（弯曲的小锄头）、卡西卡特（雕刻小木勺内侧的器具）。手工制作杏木勺要有耐心，还要心细，切忌心浮气躁。

随即，买买提·卡德尔拿着一把初具雏形的杏木勺说：制作杏木勺首先要准备木料，把杏木锯成 15—20 厘米长的节，再把锯成节的杏木用斧子劈成约 7 厘米宽的节；接下来把备好的方形杏木用砍砍子上下左右砍平后，在右上方留出 3—5 厘米，横着砍去 2.5—3.5 厘米，左面也要如上所述砍一遍，形成一个长方形，再把头部砍成圆形，形成木勺的雏形；然后是雕挖木勺头部阶段，用阿塔勒嘎雕挖木勺雏形的头部，雕平木勺头部使之成形；最后是打磨阶段，用卡西卡特把已经成形的木勺的头和把打磨平整光滑。

买买提·卡德尔又兴致勃勃地说：我们制作的杏木勺一般长 15—20 厘米，其顶端呈直径为 4—5 厘米的圆形（勺头），底部为 10—12 厘米的长条形（勺把），顶端（勺头）和底部（勺把）衔接处呈对称凹（凸）状，呈现出我们柯坪杏木勺精致、小巧、实用的自然形态。

邵振萍感触地说：买买提·卡德尔制作的杏木勺是自治区级非物质文化遗产，不仅保留了柯坪的地方特色，还与新疆其他地方生产的木勺有明显的区别。它由天然杏木制成，制作过程不添加任何物理和化学成分，属纯天然材料的手工制品。我们不但用杏木勺吃饭，还可以用杏木勺与其他民族乐器一起弹奏。

我们想，这一把把小小的杏木勺，不仅是饭桌上一个普通的餐具，还代表了一种餐饮文化的延续和创新，是历史发展的一个缩影。

2014 年，新疆电视台记者采访买买提·卡德尔后，通过网站和微信朋友圈宣传了他的纯手工制作杏木勺。不久后，买买提·卡德尔收到乌鲁木齐、上海、杭州等疆内外各大城市的订单。当年年底，买买提·卡德尔家里的收入比往年多出 3 万余元。

尝到网络宣传的甜头，买买提·卡德尔让儿子学习网络销售，开起了网店，专门经营销售杏木勺。2016 年年底，他家的经济收入突破 15 万元，一家人高兴得合不拢嘴。

谈及杏木勺的销售情况，买买提·卡德尔高兴地说：杏木勺在市场上供不应求，每次赶巴扎，我都带着做好的 300 多把杏木勺，可不到两个小时就全部卖光了。杏木勺是手工制作的，制作过程比较费工夫，有些慢。

买买提·卡德尔算了一笔账：如果批发给销售商的话，每把杏木勺 15 元；自己拿到市场去卖，每把可以卖 20 元。一个人一天可以制作 20—30 把杏木勺，两个人每天能做 50 多把。这样计算下来，买买提·卡德尔和儿子每天的收入在 750—1000 元之间。

今年年初，村里不少年轻人提出要拜买买提·卡德尔为师，学习做杏木勺的手艺。因为随着全国新闻媒体的宣传，柯坪的木勺，名气越来越大，前来购买木勺的人源源不断，有时甚至出现了脱销现象。

面对今后的发展，买买提·卡德尔说：听说喀什、和田有制作木勺的机械，我准备去购买 2 台，试着开一家小型工厂，这样就能解决村里家庭比较困难的年轻人就业的问题。如果效益好了，年底再扩大规模，不但要把杏木勺的手工技艺传承下去，还要往其他方面的手工制品发展。

如今，柯坪县已把木勺制作纳入产业项目发展规划，特邀请专业设计包装公司，量身定制了精美的礼品盒装，还作为一种旅游产品销往全国各地，并在淘宝店和各类网店进行上架销售。

邵振萍说：目前县里正准备把柯坪木勺打造成一种产业，积极争取项目专项资金，力争建设具有规模性的手工作坊加工厂，让没有工作或在外地打工的年轻人，回到家乡从事这项非遗传承项目，并带动村民增收，逐步形成"手工作坊＋合作社＋实体店＋网络"的模式进行推广销售，切实把柯坪木勺打造成地域品牌，让柯坪的名字更加响亮。

提供资料：杨志民、吴连广、杨红燕、朱志升、英村、华杰、郑云、董赴。